目次

苦界の娘　はぐれ長屋の用心棒

第一章　人攫《ひとさら》い

一

アアアッ！

華町《はなまち》源九郎《げんくろう》は身を起こすと、両手を突き上げて伸びをした。

源九郎は、昨夜遅くまで長屋の部屋で茶碗で酒を飲み、掻巻《かいまき》の上に寝転がってそのまま眠ってしまったのだ。

源九郎は腰を上げると、戸口の腰高障子《こしだかしようじ》に目をやった。障子が朝日を映して、輝いている。五ツ（午前八時）を過ぎているだろう。

……顔でも洗ってくるか。

源九郎はつぶやき、捲《めく》れ上がった小袖《こそで》の裾《すそ》を下ろし、土間の隅にある流し場にむかった。

源九郎が住んでいるのは、本所相生町《ほんじよあいおいちよう》一丁目にある棟割長屋の伝兵衛店《でんべえだな》である。源九郎は、還暦に近い老齢だった。武士ではあるが隠居の身で、独り暮らしをしている。

源九郎は長屋暮らしを始める前、華町家の屋敷に住んでいたが、倅《せがれ》の俊之介《しゆんのすけ》が嫁をもらったのを機に家督をゆずった。俊之介夫婦に孫がふたり生まれ、源九郎の居場所がなくなり、源九郎は妻が先立っていたこともあって、華町家を出たのだ。そして、気楽な長屋暮らしを始めたのである。

源九郎の生業《なりわい》は、貧乏牢人おさだまりの傘張りだった。ただ、傘張りだけでは食っていけず、華町家からの合力を当てにしていた。

源九郎が流し場で顔を洗っていると、戸口に近付いてくる忙しそうな下駄の音がした。誰か来たようである。

下駄の音は戸口で止まり、

「華町の旦那、いるの！」

と、お熊《くま》の声がした。何かあったのか、声に昂《たかぶ》った響きがあった。

お熊も長屋の住人で、源九郎の家の斜向《はすむ》かいに住んでいた。亭主は助造《すけぞう》という名で、日傭取《ひようと》りだった。子供はなく、夫婦のふたり暮らしである。

お熊は四十過ぎで、樽《たる》のように太っている。口は悪いが気がよく、世話好きだった。独り暮らしの源九郎を気遣って、残りものの菜《さい》や飯などを持ってきてくれる。

「いるぞ。入ってくれ」

源九郎が声をかけた。

すぐに、腰高障子が開き、お熊が土間に入ってきた。ひどく慌てているようだ。

「お熊、何かあったのか」

源九郎が訊《き》いた。

「た、大変だよ！　おきくちゃんとおとせちゃんが、いなくなったんだ」

お熊が、声をつまらせながら言った。

「弥助《やすけ》の娘のおきくと、桑吉《そうきち》の娘のおとせか」

源九郎が、上がり框《がまち》の近くまで行って訊いた。

弥助の生業は、左官だった。一方、桑吉には決まった仕事はなく、日傭取りをして暮らしていた。ふたりとも、伝兵衛店の住人である。

「そうだよ」

お熊が言った。

「いつから、いなくなったのだ」

「昨日《きのう》の午後から、いないらしいよ。長屋でおきくちゃんとおとせちゃんを見かけた者がいないんだよ」

お熊は、心配そうな顔をしている。

「昨日からか」

源九郎も、おきくとおとせの身に何かあったのではないかと思った。長屋に住むまだ六、七歳の娘がふたりも姿を消したとなると、ただごとではない。

「朝から、長屋のみんなが捜してるんだ。……おきくちゃんとおとせちゃんを最後に見掛けたのは、昨日の昼前でね、その後、見た者がいないらしい」

お熊が言った。

「いまも、捜しているのか」

「長屋の者は、みんな家を出て捜しているよ」

お熊は、旦那も早く出て、と言いたそうに、土間で足踏みしている。

「おれも、一緒に捜そう」

源九郎は土間に下りると、お熊につづいて外に出た。

陽はだいぶ高くなっていた。長屋の男の多くは仕事に出たようだが、あちこちに女房や子供、年寄り、居職《いじょく》の男などの姿があった。だれもが、心配そうな顔をしている。

「旦那、井戸端に行ってみる？　菅井《すがい》の旦那もいるはずだよ」

お熊が言った。

菅井紋太夫《もんだゆう》は、源九郎と同じように長屋で独り暮らしをしていた。生業は大道芸である。両国広小路《りょうごくひろこうじ》で、居合《いあい》抜きの大道芸を観せて口を糊《のり》しているのだが、居合の腕は本物である。田宮流《たみやりゅう》居合の達人だった。

源九郎が井戸端近くまで行くと、長屋の住人たちが大勢集まっていた。おきくとおとせを捜すために、集まった者たちらしい。そのなかに、菅井の姿もあった。

菅井は、総髪だった。髪が肩まで垂れている。頬が肉を抉《えぐ》りとったようにこけ、顎《あご》が尖っていた。目がつり上がり、笑うと般若《はんにゃ》のような不気味な顔になる。

菅井は、源九郎を目にすると足早に近付いてきて、

「華町、おきくとおとせが、いなくなった話を聞いたか」

と、声をひそめて訊いた。

「そうらしいな。……まだ、おきくとおとせは見つからないのか」

源九郎が、菅井に身を寄せて訊いた。

「見つからない」

菅井はそう言った後、井戸端の方を指差し、

「弥助と桑吉は、夫婦で昨夜のうちから長屋中を捜しまわっていたらしいぞ」

と、小声で言った。

井戸端からすこし離れた場所に、弥助夫婦と桑吉夫婦の姿があった。四人のまわりに、長屋の住人たちが大勢集まっている。恐らく、昨夜から寝ずに長屋中を捜しまわった者もいるのだろう。それでも、おきくとおとせは見つからなかったようだ。

……昨夜、わしは何も知らずに、酒を飲んで寝てしまったのか。

源九郎は、肩をすぼめて胸の内でつぶやいた。

二

源九郎は陽が沈むころまで、長屋の住人と一緒におきくとおとせを捜したが、

見つからなかった。ただ、昨日の昼前、井戸端の近くで遊んでいた何人かの子供が、おきくとおとせが長屋の路地木戸のところで、男と話しているのを目にしていた。その子供たちに訊いても、その男が武士でないことは知れたが、何者なのかは分からなかった。

源九郎と菅井は捜すのを諦め、源九郎の家に帰って一休みしていた。菅井は将棋が好きで、暇さえあれば、源九郎の家に将棋盤を持参して将棋を指しに来たが、さすがに今日は将棋のことを口にしなかった。

「おきくとおとせは、どこへ行ったのだ」

源九郎が首を捻《ひね》った。

「分からん。ふたりは、長屋では評判の器量よしだ。人攫《ひとさら》いが、連れていったのかもしれんぞ」

菅井が顔を厳しくした。

「ふたりの歳は」

源九郎が訊いた。

「ふたりとも、七つだ」

「七つか、可愛《かわい》い盛りだな」

「ふたりは長屋にいたようだから、迷子ということはないな」

「やはり人攫いか」

源九郎は、女衒《ぜげん》が器量のいいふたりの娘に目をつけて、連れていったのではないかと思った。

「そうとしか考えられんが……」

菅井は、虚空を睨《にら》むように見据えて言った。

源九郎と菅井は、そんな話をしながら茶を飲んでいた。すでに、辺りは暗くなり、座敷の隅に置かれた行灯《あんどん》が、ふたりの姿をぼんやりと照らし出している。

そのとき、戸口に近付いてくる足音がした。ふたりらしい。足音は戸口でとまり、

「華町の旦那、いやすか」

と、男の声がした。

「いるぞ」

菅井が声をかけた。

すると、腰高障子が開き、弥助と桑吉が姿を見せた。ふたりとも、思いつめたような顔をしている。

「子供たちは、見つかったか」

源九郎が、腰を上げて訊いた。

「そ、それが、まだ見つからねえんで……。ふたりとも、何処《どこ》へ連れていかれたのか、分からねえ」

弥助が声を震わせて言うと、桑吉も肩を落としてうなずいた。

源九郎が、土間に立っている弥助と桑吉に目をやり、

「ともかく、腰を下ろしてくれ。……茶でも淹《い》れよう」

そう言って、立ち上がろうとすると、

「茶は結構で」

弥助が言い、桑吉とふたりで上がり框に腰を下ろした。

源九郎と菅井は、弥助たちのそばに行って座った。

「わしらに、どんな用かな」

と、源九郎が声をあらためて訊いた。

「旦那たちに、頼みてえことがあって来たんでさァ」

弥助が言った。

「何かな、頼みたいこととは」

「いなくなったおきくとおとせのことです」

弥助が言うと、桑吉が、

「む、娘たちを、助けてくだせえ！」

と、声を震わせて言った。

すると、弥助が懐《ふところ》から何か包んだ袱紗《ふくさ》を取り出し、源九郎の膝先に置いた。

「ここに、二両ほどありやす。近所に住む者が、すこしずつ出してくれたんでさァ。旦那たちに頼めるような金額じゃァねえが、同じ長屋に住む者ということで、娘たちを見つけて助けて欲しいんで……」

弥助が身を乗り出して言うと、

「お願《ねげ》えしやす。娘たちを助けてくだせえ」

桑吉が、上がり框に額が突くほど低頭して言った。

源九郎は菅井と顔を見合わせた。ふたりとも、戸惑うような顔をしている。

源九郎と菅井には、他に五人の仲間がいた。七人とも長屋の住人で、勾引《かどわ》かされた娘を助け出して礼金をもらったり、商家の用心棒に雇われたりしてきた。人助けと用心棒を兼ねたような仕事で金《かね》を手にしてきたのだ。

それで、源九郎たちを知る者は、陰ではぐれ長屋の用心棒などと呼んだのである。伝兵衛店には、食いつめ牢人、その日暮らしの日傭取り、大道芸人、その道から挫折した職人など、はぐれ者が多く住んでいたからである。

「に、二両じゃァすくねえが、これしか都合がつかねえんで……」

弥助が、涙声で言った。

源九郎は戸惑うような顔をして菅井に目をやったが、

「出来るだけのことは、やってみよう。……だがな、娘たちを助け出せるか、分からんぞ。まだ、相手も分かってないのだ」

と言って、袱紗包みに手を伸ばした。

脇にいた菅井は、黙ってうなずいた。

「恩にきやす」

弥助が言って頭を下げると、桑吉が、

「おとせとおきくを、助けてくだせえ」

と、涙声で言い、深々と頭をさげて、弥助につづいて戸口から出ていった。

ふたりの足音が遠ざかると、

「とりあえず、孫六《まごろく》に話して手を借りるか」

源九郎が言った。

孫六も長屋の住人で、おみよという名の娘夫婦と一緒に住んでいる。孫六は番場町《ばんばちょう》の親分と呼ばれた岡っ引きだった。ところが、中風をわずらい、足が不自由になって岡っ引きをやめたのだ。それで、長屋に住む娘夫婦のところに越して来たのである。

おみよの亭主は又八《またはち》という名で、ぼてふりをしている。ふたりの間には、富助《とみすけ》という男の子もいた。

孫六は狭い部屋で、娘夫婦に気兼ねして暮らしていた。それで、同じ年頃の源九郎の所に話しに来たり、一緒に飲みにいったりするのを楽しみにしていたのだ。

「おれが、孫六を呼んでくる」

そう言って、菅井が立ち上がった。

三

待つまでもなく、菅井が孫六を連れてもどってきた。

「ヘッへへ……。そろそろ旦那たちから、話があると思って待ってたんですぜ」

孫六はそう言って、勝手に座敷に上がってきた。そして、源九郎の脇に腰を下

ろし、

「おきくとおとせのことですかい」

と、言って、源九郎に目をむけた。

源九郎は菅井が腰を落ち着けるのを待って、

「そうだ。孫六に、頼みたいことがあってな」

と言って、懐から袱紗包みを取り出した。

孫六は袱紗包みに目をやり、ゴクリと唾を飲み込んだ。大金が入っている、と思ったらしい。

「二両ほどある」

源九郎が言い、畳の上に置いた袱紗包みを開いた。

長屋をまわって集めた金《かね》らしく、一文銭が多かったが、なかには一分銀や一朱銀もあった。

「二両ですかい」

孫六が、がっかりしたように肩を落とした。

これまで、源九郎たちは、命懸けの仕事に釣り合うだけの金を手にすることが多かった。二両を三人で分けると、一両も手にすることができない。

「これは、長屋の者たちが、ない金を出し合ったものだ。長屋の者たちからすれば、二両でも大金なのだ」

　源九郎が言った。

「長屋の者には、大金にちがいねえが……。あっしらには、命がかかっていやすからね」

　孫六が渋い顔をして言った。

「それにな、長屋の娘を助け出すのだ。金を貰わなくても、引き受けるところだぞ」

　源九郎が言うと、そばで聞いていた菅井が、

「孫六、二両あれば、三人で好きなだけ酒が飲めるぞ。どうだ、近いうちに、亀《き》楽《らく》にでも行って一杯やるか」

　と、声をかけた。

　亀楽は源九郎たち長屋の者が贔屓《ひいき》にしている飲み屋で、はぐれ長屋から近い松《まつ》坂町《ざかちょう》にあった。

「行きやしょう」

　孫六がニンマリした。

「飲みにいく前に、孫六の手を借りたい」

源九郎が声をあらためて言った。

「なんです」

孫六が、源九郎に目をむけた。

「まず、わしら三人で、おきくとおとせが連れていかれた先を突き止めねばならない」

源九郎が言った。

「あっしら三人だけで、やるんですかい」

孫六が、また不服そうな顔をした。

源九郎たちの仲間は、七人だった。いずれも長屋の住人で、源九郎、菅井、孫六の三人の他に、牢人の安田十兵衛《やすだじゅうべえ》、研師《とぎし》の茂次《しげじ》、鳶の平太《とびのへいた》、砂絵描きの三太郎《さんたろう》の四人だった。砂絵描きは、染粉《そめこ》で着色した砂を色別に袋に入れ、地面に砂を垂らして絵を描く見世物である。

「いまのところは、三人でやるつもりだ。様子を見て、安田たちにも話す」

源九郎は、二両しかない金を七人で分けると、あまりに少額になり、仲間にくわわるのを嫌がる者が出るのではないかと思った。

「仕方ねえ、聞き込みでもやりやすか」

孫六が渋い顔をして言った。

「では、三人で金を分けるぞ」

源九郎が袱紗に包んであった一文銭や一朱銀、それに一分銀に手をむけた。

「華町、分けんでもいい。近いうちに三人で亀楽に行き、その金で一杯やろう」

菅井が言うと、

「亀楽で、一杯やりやしょう」

孫六が身を乗り出して言い添えた。


翌朝、源九郎、菅井、孫六の三人は、聞き込みにあたるために長屋の路地木戸から通りに出た。昨日、幼い娘をふたり連れた男たちの姿を見掛けなかったか、通り沿いの店で話を聞くのである。

「手分けして、聞き込むか」

源九郎が、菅井と孫六に目をやって言った。

「そうしやしょう」

孫六が言い、三人は一刻（二時間）ほどしたら戻ることにして、その場で別れた。

　ひとりになった源九郎は、路地木戸の前の道を西にむかった。その通りは、竪《たて》川《かわ》沿いの通りにつながっている。道沿いには、八百屋、下駄屋、瀬戸物屋などの暮らしに必要な物を売る店が目についた。

　源九郎は、長屋の路地木戸から一町ほど離れた所にあった下駄屋に目をとめた。店の親爺は、赤い鼻緒の下駄を手にした娘と話していた。源九郎がふたりに近付くと、「また、来るね」と娘が親爺に声をかけ、下駄を手にしたまま店先から離れた。娘は下駄を買いにきたらしい。

　源九郎は親爺に近付き、

「ちと、訊きたいことがある」

　と、小声で言った。

「なんです」

　親爺は、台の上の下駄を並べ替えながら訊いた。

「昨日、伝兵衛店の娘がふたり、攫われたらしいんだが、噂を耳にしているか」

「聞いてやす」

　親爺の顔が、厳しくなった。

「昨日の午後、攫われたふたりの娘を見掛けなかったか。はっきりしたことは分からんが、娘を攫った男たちはここを通ったはずなのだ」

源九郎が言った。人攫いは、ふたりの娘を連れていったのだから、ひとりではないだろう。

親爺は口をつぐんで、いっとき虚空に目をやっていたが、

「人攫いと決め付けられねえが、それらしい男たちを見掛けやした」

そう言って、源九郎に顔をむけた。

「話してくれ」

源九郎が身を乗り出した。

「遊び人らしい男が四人で、六、七歳くらいの娘をふたり、取り囲むようにして竪川の方に連れていきやした」

竪川は、源九郎たちのいる通りの先に流れていた。竪川沿いの道を西にむかえば、大川《おおかわ》にかかる両国橋のたもとに出られる。両国橋を渡れば、江戸の多くの地に行くことができるのだ。

「そいつらだ！」

思わず、源九郎が声を上げた。

「ふたりは、やはり長屋の子だったんですかい」

親爺が、眉《まゆ》を寄せて言った。

「間違いない。……それで、何か気付いたことはないか」

源九郎が、身を乗り出して訊いた。

「遊び人らしい四人の他に、二本差しがひとりいやした」

「その武士だが、何者か分かるか」

「分からねえ。初めて見る顔で」

親爺は、首を傾《かし》げた。

「武士の身装《みなり》は」

源九郎は武士の身装から牢人か、御家人か、それとも旗本なのかが分かると思った。

「小袖に袴姿で、大刀を一本だけ、落とし差しにしてやした」

親爺が言った。

「落とし差しか」

源九郎がつぶやいた。真っ当な武士なら、落とし差しなどにはしない。その武士は、牢人とみていいようだ。

源九郎が口を噤《つぐ》むと、親爺は店にもどりたそうな素振《そぶ》りを見せた。いつまでも、店先で話しているわけにはいかない、と思ったのだろう。

源九郎もそれ以上、親爺から訊くことがなかったので、

「手間を取らせたな」

と言い残し、店先から離れた。

それから、源九郎は通り沿いにあった別の店に立ち寄り、攫われた娘のことを訊いたが、新たなことは分からなかった。

四

源九郎が長屋にもどると、路地木戸のところで菅井と孫六が待っていた。

「何か知れやしたか」

孫六が、源九郎に訊いた。

「ここで立ち話をするわけにはいかないな。……どうだ、わしの家で一休みしながら話すか」

源九郎が、菅井と孫六に目をやって言った。

「それがいい」

すぐに菅井が同意し、三人は源九郎の家にむかった。

三人が座敷に腰を下ろすと、

「茶を淹れたいが、湯が沸いてないのだ」

源九郎が、苦笑いを浮かべて言った。

「水でいい。……喉が渇いたから、水をくれ」

菅井が言った。

「すぐ、持ってくる」

源九郎は土間の隅の流し場に行くと、三人のために湯呑みに水を入れ、盆に乗せて座敷に運んできた。

菅井と孫六は湯飲みを手にすると、すぐに水を飲んだ。二人とも、喉が渇いていたらしい。

源九郎も喉を潤した後、

「おきくとおとせのことで、何か知れたか」

と、菅井と孫六に目をやって訊いた。

「遊び人ふうの男が何人かで、娘をふたり連れて行くのを見たやつがいやす」

孫六が聞いた話によると、近くを通りかかったという瀬戸物屋の親爺が、遊び人ふうの男が数人で、おきくとおとせと思われる娘を連れていくのを見たという。

「その話は、おれも聞いたぞ」

黙って聞いていた菅井が、

「おれも、近くを通りかかったという男に聞いたのだがな。遊び人ふうの男たちと一緒に、牢人ふうの武士がいたそうだ」

と、口を挟んだ。

「その武士を探る手掛かりになるものはないかな」

源九郎が訊いた。

「ある」

菅井がはっきりと言った。

「何だ」

源九郎と孫六の目が、菅井にむけられた。

「武士の頬に、傷痕《きずあと》があったそうだ」

「傷痕な。……手掛かりにはなるな」

源九郎は、聞き込みのおりに頬の傷痕のことを持ち出せば、突き止めるのが容易だろうと思った。

次に口をひらく者がなく、座敷が静寂につつまれたとき、

「解《げ》せぬことがあるのだ」

菅井が眉《まゆ》を寄せて言った。

「どんなことだ」

「人攫いの狙いは、何なのだ。……長屋の娘では、多額の身の代金を要求することは、できないぞ」

「そうだな。身の代金目当てに、ふたりを攫ったのではないようだ」

源九郎が言った。

「女衒のように、攫った娘を女郎屋や吉原《よしわら》にでも連れていって売り飛ばす気かな」

孫六が首を捻った。

「それにしては、大掛かりだな。……仲間に、武士もいたのだからな」

源九郎が言うと、次に口をひらく者がなく、座敷は重苦しい沈黙につつまれた。

「いずれにしろ、このままにしておくことはできまい」

菅井が、つぶやくような声で言った。

「金をもらっているからな」

源九郎はそう言った後、

「まず、おきくとおとせが、連れていかれた先を突き止めることだな」

と、菅井と孫六に目をやって言った。

「孫六、何か心当たりがあるか」

菅井が孫六に訊いた。菅井は、孫六が長屋に越して来る前、岡っ引きをしていたのを思い出して、訊いたらしい。

「心当たりはねえ」

孫六が素っ気なく言った。

「おきくとおとせを攫った手口から見て、一味が娘を攫ったのは初めてではあるまい」

源九郎が口を挟んだ。

「あっしも、そんな気がしやす」

孫六は、厳しい顔をしたままうなずいた。

「孫六、何かいい手はないかな」

源九郎が訊いた。孫六は長年岡っ引きをやっていたので、何か心当たりがあるのではないか、と源九郎は思ったのだ。

「娘を遊女として売るのは、女衒だが……」

そうつぶやいて、孫六はいっとき黙考していたが、

「吉原で探るのは大変だが、柳橋《やなぎばし》か深川界隈《ふかがわかいわい》の女郎屋で話を訊けば、女衒のことがつかめるかもしれねえ」

と、小声で言った。柳橋と深川も、女郎屋があることで知られていた。

「柳橋なら近いな。明日にも、出掛けて話を聞いてみるか」

源九郎が言うと、孫六と菅井がうなずいた。ただ、ふたりとも気乗りのしない顔をしていた。一味のなかに武士がいたこともあって、女衒ではないという思いがあるのかもしれない。

五

翌日、陽が高くなってから、源九郎、孫六、菅井の三人は、はぐれ長屋を出て、柳橋にむかった。

源九郎たちは竪川沿いの通りに出ると、西に足をむけた。いっとき歩くと、元《もと》

町《まち》に入った。そして、元町を抜けると、前方に大川にかかる両国橋が見えてきた。その辺りは、両国橋の東のたもと近くで賑わっていた。様々な身分の老若男女が行き交っている。源九郎たちは、人の流れのなかを縫うようにして歩き、両国橋のたもとに出た。

両国橋を渡ると、さらに賑やかな両国広小路が広がっていた。大勢の人が行き交い、水茶屋が並び、見世物小屋などもあった。

「こっちだ！」

菅井が先にたった。

菅井は広小路に近い大川の岸近くで、居合抜きの大道芸を観せて暮らしをたてているので、この辺りのことは熟知していたのだ。

源九郎たちは両国広小路を右手に折れ、神田川《かんだがわ》にかかる柳橋を渡った。渡った先が、柳橋と呼ばれる地である。この辺りは、通り沿いにある料理屋や料理茶屋が目についた。行き交う男の姿が多いのは、料理屋や料理茶屋は、芸者という名目で遊女を呼ぶことができるからだろう。

先にたった菅井は、

「川沿いの道を行ってみよう」

と、源九郎と孫六に声をかけた。

行き交う男たちは、料理や酒だけでなく、遊女目当てに来た者も少なくないようだ。

菅井は通り沿いにある料理茶屋の脇にいる男に目をとめると、

「あの男は、妓夫《ぎゆう》かもしれない」

と言って、男のいるほうに足をむけた。

妓夫は、遊女屋の戸口や脇に妓夫台と呼ばれる床几《しょうぎ》を置き、そこに腰掛けて客を呼び込む男である。

菅井は妓夫に近付いて声をかけ、何やらふたりで話し始めた。いっときすると、菅井は踵《きびす》を返し、源九郎たちのいる場にもどってきた。

妓夫が、菅井の後ろ姿に目をやり、「何でえ、客じゃァねえのか」と吐き捨てるように言った。

菅井は源九郎と孫六を前にし、

「あの店ではないようだ。ちかごろ、女衒は店に顔を出さないし、客をとれないような初《うぶ》な娘は、いないそうだ」

と、話した。

「どうする」

源九郎が、菅井と孫六に目をやって訊いた。

「遊女屋だけでなく、料理屋や料理茶屋のことも訊いてみやしょう。それに、通り沿いの小料理屋か飲み屋に寄って、店の者に訊いた方が早《はえ》えかもしれねえ。噂話が伝わるのは、早えからね」

孫六が言った。

源九郎たちは、通り沿いの店に目をやりながら歩いた。

「あの飲み屋は、どうだ」

菅井が、道沿いにある飲み屋を指差して言った。店先にある掛け看板に、「酒肴《さかな》」と書いてあった。

「あの店で、訊いてみるか」

源九郎が言い、店の腰高障子をあけた。

土間の先が、座敷になっていた。何人かの客が、座敷に腰を下ろして酒を飲んでいる。

源九郎たちは土間から座敷に上がり、あいている場に腰を下ろした。すると、店の奥にいた小女《こおんな》が、源九郎たちの姿を目にして近寄ってきた。

「いらっしゃい」

小女は愛想笑いを浮かべて、注文を訊いた。

「酒とめしを頼む」

源九郎がそう言うと、

「茶漬けぐらいしかできませんが」

小女が言った。

「茶漬けでいい。ちと、訊きたいことがあるんだがな」

源九郎が急に声をひそめた。

「何ですか」

小女も声をひそめ、源九郎たちに身を寄せた。

「噂でも、いいんだがな。ちかごろ、七つぐらいの女の子がふたり、柳橋に連れてこられたという話を聞いてないか」

源九郎が、小声で訊いた。

「ちかごろは聞いてないですけど、柳橋では、よくある話ですよ」

小女は、素っ気なく言った。

「柳橋には、人攫いがいるのか」

さらに、源九郎が訊いた。

「詳しいことは知りませんけど、娘さんを売り買いする女衒のような男がいるかもしれません」

小女が、声をひそめて言った。

「何処にいるのだ」

「あたし、どこにいるか知りません。いつまでもお客さんと話していると、女将《おかみ》さんに叱られるから」

小女はそう言い残し、慌てて源九郎たちから離れた。

源九郎たち三人は運ばれてきた酒を飲み、飯を食ってから飲み屋を出た。

「どうする」

源九郎が、孫六と菅井に目をやって訊いた。

「せっかく柳橋まで来たんだ。もうすこし、探ってみるか」

菅井が言った。

「そうだな。……三人一緒に話を訊くより、別々に聞き込みにあたった方が、埒《らち》が明くのではないか」

源九郎が言い、半刻（一時間）ほど別々になり、通りすがりの者や話の聞けそうな店があったら訊いてみることにし、三人はその場で別れた。

ひとりになった源九郎は、神田川沿いの道をさらに西にむかって歩いた。そして、道沿いにあった米屋や菓子屋など、噂話の聞けそうな店に立ち寄って訊いたが、おきくとおとせに関わるような話は聞けなかった。

源九郎が諦めて別れた場にもどると、孫六と菅井の姿があった。

「駄目だ。おきくとおとせのことは、何も分からん」

源九郎が言うと、菅井と孫六も渋い顔をして、ふたりの娘のことは何も聞けなかったと口にした。

「今日のところは、このまま長屋に帰るか」

源九郎が肩を落として言った。

六

源九郎たち三人が、柳橋に出掛けた三日後だった。

源九郎がひとりで遅い朝飯を済ませ、座敷で茶を飲んでいると、戸口に近付いてくる何人かの足音が聞こえた。

足音は腰高障子の向こうでとまり、

「華町の旦那、いやすか」

と、孫六の声がした。

「いるぞ、入ってくれ」

源九郎が声をかけると、腰高障子があいた。

姿を見せたのは、三人だった。孫六と、見知らぬ男がふたり立っていた。羽織に小袖、角帯姿の年配の男と、小袖姿の若い男である。ふたりは、商家の主従らしい。商家の旦那ふうの男は、思いつめたような顔をしていた。

三人は土間へ入って来ると、

「こちらにいるのは、呉服屋の旦那と手代でさァ」

と、孫六がふたりの男に目をやって言った。

「茅町《かやちよう》に店のある呉服屋、富沢屋《とみざわや》の主人《あるじ》の政右衛門《まさえもん》でございます」

年配の男が名乗った。

茅町は、奥州街道《おうしゆうかいどう》沿いに広がっていた。神田川にかかる浅草橋《あさくさばし》のたもとから一丁目と二丁目がつづいている。

政右衛門と一緒にきた若い男は、手代の房吉《ふさきち》と名乗った。房吉は政右衛門の従者《とも》として来たらしい。何が入っているのか、房吉はちいさな風呂敷包みを大事そうに抱えている。

「わしに、用かな」

思わず、源九郎が訊いた。見ず知らずの商家の旦那が手代を連れて、長屋に来たのである。何かの間違いではないかと思って、訊いたのだ。

「富沢屋の旦那は、華町の旦那やあっしらに用があって見えたようですぜ」

孫六が口を挟んだ。

源九郎は、政右衛門を散らかったままの座敷に上げることができなかったので、

「ともかく、腰を下ろしてくれ」

と、上がり框に手をむけて言った。

政右衛門はあらためて源九郎に頭を下げてから、上がり框に腰を下ろした。房吉は政右衛門から間をとり、土間の隅の方へ行って腰を下ろした。孫六は住人のような顔をして座敷に上がり、源九郎の脇に座った。

「それで、わしに何か用かな」

源九郎が訊いた。

「はい。華町さまたちにお願いがあって参りました」

政右衛門が、源九郎に顔をむけて言った。

「話してくれ」

「華町さまたちは、弱い者や困っている者の味方になり、難事を解決してくれると聞きました」

政右衛門の顔には、縋《すが》るような表情があった。

「まァ、話によってだが……」

源九郎は語尾を濁した。確かに、源九郎たちは頼まれて勾引かされた娘を助け出したり、ならず者たちから店を守ったりしてきたが、迂闊《うかつ》に引き受けられない依頼もある。

「じ、実は、十日ほど前、てまえの七つになる娘が連れ去られて……。家族と店の者で捜したのですが、見つからないのです。近所に住む親分さんにも話したのですが、いまだに行方《ゆくえ》が知れないのです」

政右衛門が、声をつまらせて言った。

……長屋のおきくとおとせと同じだ！

源九郎は胸の内で声を上げたが、黙っていた。

「それで、華町さまたちに、娘を助け出してもらいたいと思い、こうして訪ねてまいったのです」

そう言って、政右衛門が源九郎に目をむけた。

源九郎は虚空に目をやって、いっとき黙考していたが、

「長屋でも、同じようなことがあってな。みんなで行方を捜しているのだが、まだ見つからないのだ」

と、小声で言った。隠していても、すぐに知れると思って話したのだ。

「娘さんが、いなくなったのですか」

政右衛門が、驚いたような顔をして訊いた。

「そうだ」

源九郎が言うと、そばにいた孫六がうなずいた。

「長屋の娘さんも、てまえの娘を攫った者たちの手で連れ去られたのでは……」

政右衛門が、身を乗り出すようにして訊いた。房吉も驚いたような顔をして、源九郎に目をむけている。

「まだ、何とも言えんな」

源九郎は、長屋のふたりの娘は同じ一味の手で、攫われたのかもしれぬ、と思ったが、口にしなかった。

「華町さま、てまえの娘も助けてください！」

政右衛門が声を大きくして言い、あらためて源九郎に頭を下げた。

源九郎はすぐに返答せず、いっとき虚空に目をむけて黙考していたが、

「ところで、富沢屋の娘さんの名は」

と、政右衛門に目をむけて訊いた。

「おせんで、ございます」

すぐに、政右衛門が娘の名を口にした。

「おせんか。……どこで、攫われたのだ」

源九郎は、政右衛門の話を聞いたうえで、引き受けてもいいと思った。富沢屋のおせんも、長屋のおきくとおとせを攫った一味の手にかかったのだとすれば、一緒に助けられる。

「浅草寺《せんそうじ》の前の広小路です」

政右衛門が話したことによると、妻のおしのが、娘のおせんを連れて浅草寺にお参りにいったという。

ふたりはお参りを終え、賑やかな浅草寺の門前の広小路に出て、人混みのなかを歩きだした。

そして、広小路から門前通りの近くまできたとき、いきなり数人の男に取り囲まれ、娘のおせんだけが連れ去られたという。

「お、おしのは、咄嗟《とっさ》のことで、何がおこったのか分からなかったようです。それでも、すぐに連れ去られた娘を取り戻そうと、娘を助けて！　と叫びながら、男たちの後を追ったそうです。ところが、男たちは人混みのなかに紛れ、すぐに見えなくなってしまったらしく……」

政右衛門が、声をつまらせながら話した。

「おせんは、その男たちに攫われたのだな」

源九郎が、念を押すように訊いた。

「そうです」

「その後、おせんを攫った者たちから、何か言ってきたのか」

源九郎は、身の代金を出すよう、人攫い一味から富沢屋に話があったのではないかと思ったのだ。

「な、何の話もありません」

政右衛門が身を乗り出して言った。

「身の代金目当てに、攫ったのではないようだ」

話を聞いて、源九郎は、富沢屋の娘を攫った一味は、長屋のおきくとおとせを攫った一味と同じではないか、との思いを強くした。おせんと同様、おきくとおとせも、親から身の代金をとるために攫われたのではないはずだ。身の代金をとるためなら、その日の暮らしにも困る長屋の娘など攫うはずがない。

源九郎が黙考していると、

「どうか、てまえの娘を助けてください」

政右衛門は、そう言って源九郎に低頭した。

源九郎は長屋のおきくとおとせを助け出すためにも、富沢屋の娘のおせんを攫った男たちを探ってもいいと思ったが、

「娘さんを助け出すために、長屋のみんなと事件に当たってもいいが……」

と言って、語尾を濁らせた。

源九郎たち、はぐれ長屋の用心棒と呼ばれる男たちは、ただでは動かなかった。金儲けのためではない。二、三日で片付く事件ならいいが、多くの場合、事件が解決するには何か月もかかるのだ。下手をすれば、一年以上かかることもあるし、いかに年月がかかっても迷宮入りする事件もある。その間、働きに出られないので、相応の金がなければ、暮らしていけないのだ。

「華町さまたちのことは、存じております」

政右衛門はそう言い、房吉に手をむけた。

すると、房吉は政右衛門のそばに来て、大事そうに抱えていた風呂敷包みを政右衛門の脇に置いた。

政右衛門は、風呂敷包みを解いた。包んであったのは、切餅《きりもち》だった。四つある。切餅は一分銀を百枚、方形に紙に包んだものである。切餅ひとつで、二十五両である。四つで、百両ということになる。

「少ないでしょうか。何とか、これで、娘を助け出してはもらえませんか」

政右衛門が、頭を下げて言った。

「うむ……」

源九郎は、すぐには切餅に手を出さなかった。胸の内では、攫われた長屋の娘のおきくとおとせと一緒におせんも助け出すつもりでいたが、すぐに金に手を出すと、安請け合いしたように思われるからだ。

「どうか、娘を助けてください」

政右衛門が、涙声で言った。

「承知した」

源九郎は、おもむろに袱紗包みに手を伸ばした。そして、袱紗包みを膝先に置いたまま、

「娘さんは、わしらの手で助け出す」

と、重い響きのある声で言った。

「あ、ありがとうございます」

政右衛門は、声を震わせて言い、改めて深く頭を下げた。

そして、顔を上げて源九郎に目を向け、

「何かありましたら、てまえの店に寄ってください」

と、言って、腰を上げた。

源九郎は戸口まで出て、政右衛門と房吉を見送った後、そばにいた孫六に、

「長屋の仲間たちに、集まるように知らせてくれ」

と、頼んだ。

「亀楽ですかい」

孫六が身を乗り出して訊いた。

源九郎たちは何かあると、七人の仲間で、亀楽に集まって相談することが多かったのだ。

「そうだ」

「すぐ、長屋をまわってきやす」

孫六は、意気込んでその場を離れた。

七

亀楽の店内に、源九郎たち七人の仲間が集まっていた。政右衛門が長屋に来て、攫われた娘を助けてほしいと源九郎に依頼した翌日である。

源九郎たち七人は、ひとりやふたりでは手に負えないような大きな事件の場合、仲間たち七人が力を合わせて事件にあたることにしていた。

七ツ（午後四時）ごろだった。店内には、源九郎たちの姿しかなかった。あるじの元造《もとぞう》が他の客を断ってくれたのだ。

元造は、寡黙で愛想など口にしたことはなかったが、常連客の源九郎たちが頼めば、店を貸し切りにもしてくれた。

七人は飯台を前にして、腰掛け代わりの空樽《あきだる》に腰を下ろしていた。顔を揃えたのは、源九郎、菅井、孫六、平太、茂次、三太郎、それに牢人の安田十兵衛である。

源九郎たちが腰を落ち着けると、元造に代わって店の手伝いに来ているおしずが姿を見せた。

「肴は、何にします」

おしずが、男たちに目をやって訊いた。おしずは平太の母親で、源九郎たちと同じはぐれ長屋の住人である。はぐれ長屋から通いで亀楽に手伝いに来ているのだ。

「肴は、あるものでいいぜ」

酒好きの孫六が、目を細めて言った。そばにいた源九郎たちも、うなずいた。

「すぐ、用意しますね」

そう言って、おしずがその場を離れると、

「まずは、一杯やってからだ」

源九郎が、飯台の上にあった銚子を手にして言った。そして、脇に腰を下ろしていた菅井の猪口《ちょく》に酒を注いでやった。

すると、他の五人も近くに腰を下ろしている仲間と酒を注ぎ合い、お喋《しゃべ》りをしながら、酒を飲み始めた。

源九郎たちの話し声や飲み食いする音などで、店のなかが急に賑やかになっ

た。そして、いっとき酒を飲んだあと、

「集まったのは、攫われたおきくとおとせの件ですかい」

と、茂次が訊いた。

茂次は研師だった。ふだん、路地をまわって、それぞれの家にある包丁、鋏《はさみ》、小刀などを研いで、暮らしをたてている。まだ若いが長年源九郎たちの仲間で、長屋の住人のこともよく知っていた。

茂次の声で男たちの私語がやみ、視線が源九郎と茂次に集まった。

「そうだが、他でも頼まれてな。みんなの手を借りるために、集まってもらったのだ」

源九郎が、男たちに目をやり、

「頼みに来たのは、茅町に店のある富沢屋という呉服屋の主人でな、名は政右衛門だ」

と、言い添えた。

「富沢屋なら、知ってやす」

茂次が言うと、その場にいた男たちがうなずいた。

「実は、富沢屋の七つになるおせんという娘が、浅草寺門前の広小路で、数人の男に取り囲まれて連れ去られたそうだ」

源九郎が言った。

その場にいた仲間の六人は、飲み食いする手をとめ、源九郎の次の言葉を待っている。

「政右衛門に、攫われた娘を見つけて助け出してくれ、と頼まれたのだ」

源九郎が言うと、

「華町、長屋のおきくとおとせが攫われた事件と、同じ筋ではないか」

安田が身を乗り出して言った。

安田は牢人で、まだ長屋に越してきて二年余しか経っていない。御家人の次男坊に生まれたが、兄が嫁を貰ったのを機に家を出たのだ。女房、子供はなく、源九郎や菅井と同じように長屋の独り暮らしである。安田は一刀流の遣い手だが、剣術の腕では食っていけず、口入れ屋で仕事をみつけて何とか口を糊している。

「まだ、決め付けられないが、同じ筋と見ている」

源九郎が言うと、その場にいた男たちがうなずいた。

「それで、富沢屋から手当が出たんですかい」

茂次が小声で訊いた。

「命懸けの仕事になるかもしれんが、相応の礼金をもらった」

そう言って、源九郎は懐から袱紗包みを取り出した。

六人の男の目が、源九郎の手にした袱紗包みに集まった。

源九郎は袱紗包みを飯台の上に置いて開きながら、

「切餅が四つある。全部で、百両だ」

と、小声で言った。

「ひゃ、百両！」

茂次が声を上げた。

その場にいた男たちも目を剝《む》いて、切餅に目をやっている。

「まだ、相手は何者か知れないが、攫われた娘たちを助け出すことに手を貸してくれる者で、分けることになる」

源九郎が言った。

「やる、やる！」

三太郎が身を乗り出して言った。

すると、その場にいた男たちはみな、やる、と声を上げた。

「これで、決まりだ。この百両は、七人で分けることにする」

源九郎が、男たちに目をやって言った。

「どうだ、いつものとおり、ひとり十両で……。三十両残るが、残った金は今日の飲み代と、これからの飲み代に使うことにしたら」

源九郎が言い添えた。

いつも、そうだった。源九郎たち七人の仲間は、こうした仕事で得た金を等分し、残った金を飲み代にまわしてきたのだ。

「それでいい」

孫六が言うと、他の五人もうなずいた。

「よし、酔わないうちに、金を分けよう」

源九郎は、男たちが見ている前で、切餅四つの紙を破った。たくさんの一分銀が飯台の上に、積み上げられた。四分で一両だった。切餅ひとつが二十五両なので、一分銀が百枚包んである。切餅が四つなので、都合一分銀は四百枚ということになる。

「ひとり十両だから、一分銀が四十だな。……孫六、手伝ってくれ」

「へい」

すぐに、孫六が立ち上がり、源九郎のそばに行って、ふたりで一分銀を四十ずつにまとめた。

まるで、子供のようなやり方だが、だれにも平等で、まちがいなく分け前が手に入るので、不平不満を口にする者はいなかった。源九郎たちは、いつもそうやって手にした金を分けてきたのだ。

「すまんが、ひとりずつ、取りに来てくれ。巾着《きんちゃく》を持ってな」

源九郎が、男たちに目をやって言った。

言われたとおり、六人の男は源九郎のそばにいる者から順に、巾着や財布を持って金を取りにきた。

男たちが元の場所にもどり、手にした金を懐にしまうと、

「今夜は、金の心配をせずに、飲んでくれ」

源九郎が言った。

「飲むぞ！」

酒好きの孫六が声を上げた。嬉しそうな顔をしている。

源九郎たち七人の仲間は酒を注ぎ合い、お喋りをしながら飲んだ。これから、攫われた三人の娘を助け出すという大事が待っているが、今夜だけは仲間たちと至福の時を過ごすのである。

第二章　岡っ引き

一

「華町の旦那、長屋のおきくたちを攫《さら》ったのは、何のためですかね」

孫六が、渋い顔をして訊《き》いた。

「わしにも分からぬ」

源九郎が首を捻った。

ふたりがいるのは、伝兵衛店の源九郎の家だった。源九郎が遅い朝飯を食い、湯を沸かして茶を飲んでいたとき、孫六が顔を出したのだ。

五ツ半（午前九時）ごろだった。長屋はひっそりしていた。男たちは働きに出て、女房子供は朝飯を終えて、それぞれの家で過ごしている時である。

「富沢屋の娘なら分かるが、長屋のおきくとおとせじゃァ、身の代金を取ることもできねえ」

「そうだな」

源九郎も、長屋の娘を攫っても、金にはならないだろう、と思った。

「浅草寺界隈《かいわい》で聞き込んだが、何も出てこねえ」

孫六が渋い顔をした。

源九郎たちは、富沢屋のおせんのこともあったので、攫われた浅草寺の門前通りに出掛けて聞き込んでみたが、事件にかかわるようなことは何も知れなかった。もっとも、浅草寺の門前の広小路や門前通りは、大勢の人で賑わっているため、まともな聞き込みはできなかったのだ。

「何か、いい手はないかな」

源九郎がつぶやいた。

「旦那、諏訪町《すわちよう》の栄造《えいぞう》に話を訊いてみやすか」

孫六が、身を乗り出して言った。

「岡っ引きの栄造か」

源九郎は、浅草諏訪町に住む岡っ引きの栄造を知っていた。これまで、源九郎たちがかかわった事件で、何度か栄造の力を借りたことがあったのだ。

孫六は岡っ引きだったことがあるので、栄造は昔ながらの仲間だった。

「そうでさァ」

孫六が言った。

「栄造なら、何か知っているかもしれんな」

「これから、行きやしょう」

「行ってみるか」

源九郎は腰を上げた。栄造から話を聞いて得ることがなかったとしても、このまま長屋で籠《こも》っているより、気が晴れるだろうと思った。

源九郎と孫六は長屋を出ると、竪川沿いの通りから大川にかかる両国橋を渡って賑やかな両国広小路に出た。そして、神田川にかかる浅草橋を渡って、奥州街道を北にむかった。

源九郎たちは浅草御蔵の前を通り、諏訪町に入った。

「ここだったな」

孫六が言い、右手の路地に入った。

路地を一町ほど歩くと、通り沿いに見覚えのある店があった。蕎麦屋である。

店の名は勝栄《かつえい》。亭主の栄造と女房のお勝《かつ》から、一文字ずつとって、勝栄という店名にしたらしい。

　源九郎と孫六は、勝栄の暖簾《のれん》をくぐった。

　土間の先が板敷の間になっていて、そこで船頭ふうの男がひとり、蕎麦をたぐっていた。近所の船頭が、立ち寄ったらしい。

　店内に、栄造の姿はなかったが、板場の方で水を使う音がした。そこにいるのかもしれない。

「だれか、いねえか」

　孫六が声をかけた。

　すると、水を使う音がやみ、「いらっしゃい」という男の声がした。

「栄造ですぜ」

　孫六が小声で言った。

　右手の奥の板戸が開き、栄造が姿を見せた。栄造は濡れた手を手拭いで拭きながら、源九郎たちのそばに来ると、

「華町の旦那と番場町の親分ですかい」

　そう言って、苦笑いを浮かべた。板場にいたことが、源九郎たちに知れたから

だろう。ただ、源九郎たちに向けられた目は笑っていなかった。源九郎たちが、何か事件があって店に来たとみたのだろう。

「蕎麦をもらうかな」

源九郎が、言った。

「ちょいと、待ってくだせえ。お勝に話してきやす」

そう言って、栄造は奥の板戸をあけてなかに入った。いっときすると、栄造がもどってきた。

そのとき、板敷の間にいた船頭ふうの男が立ち上がり、栄造のそばに来た。蕎麦を食べ終えたらしい。

男は栄造に蕎麦代をはらうと、

「旨《うま》かったぜ。また、来《く》らあ」

そう声をかけ、戸口から出ていった。

源九郎と孫六は、男のいなくなった板敷の間に腰を下ろし、

「伝兵衛店の娘がふたり、攫われたのを知ってるかい」

と、孫六が小声で訊いた。

源九郎は黙って栄造に目をやっている。この場は、孫六に任せようと思ったの

だ。

「話は聞いたぜ」

栄造の顔から笑みが消えた。事件のことを聞いて、やり手の岡っ引きらしい凄《すご》みのある顔になっている。

「男たちが何人も長屋に来て、娘をふたり攫ったんだ。そのなかには、武士もいたらしい」

孫六が言った。

「武士もいたのか」

栄造が、身を乗り出して訊いた。

「いたらしい」

「それで、ふたりの娘の行方は、まだ知れねえのか」

栄造が、孫六に身を寄せて訊いた。

「ふたりが何処《どこ》へ連れていかれたのか、まだ分からねえんだ」

孫六が渋い顔をした。

次に口を開く者がなく、その場が重苦しい沈黙につつまれたとき、お勝が蕎麦を運んできた。

源九郎たち男三人は、お勝が蕎麦を置いて板場にもどるのを待った。お勝のいる場で、人攫い一味のことを話すわけにはいかなかったのだ。

二

お勝は運んできた蕎麦を源九郎と孫六の膝先に置くと、

「何かあったら、話してくださいね」

そう言って、板場にもどった。その場にいると、男たちの話の邪魔になると思ったらしい。

「食べてくれ」

栄造が、源九郎と孫六に顔をむけて言った。

「いただくか」

源九郎が箸を取ると、孫六も箸を手にして食べ始めた。

孫六は蕎麦を食べ終えると、

「旨かったぜ」

と言って、箸を盆の上に置いた。そして、源九郎が食べ終えるのを待ってから、

「長屋の娘を攫った者たちに心当たりはねえかい」

と、栄造に訊いた。

栄造はいっとき記憶をたどるような顔をしていたが、「思い当たることはねえ」と言ってから、

「富沢屋という呉服屋の娘が、攫われたのを知ってるかい」

と、孫六に目をやって訊いた。

「知ってるも何も、あっしらは富沢屋の旦那に、攫われた娘を助け出すよう頼まれてるのよ」

孫六が言った。

栄造は驚かなかった。源九郎たちが相応の金をもらって、勾引かされた娘を助け出したり、ならず者から店を守ったりしていることを知っていたからだ。

「それなら話は早えが、長屋の娘を攫ったのも、同じ一味じゃァねえかな」

栄造が小声で言った。双眸《そうぼう》が、鋭いひかりを放っている。

「わしも、そうみているのだが、どうにも腑《ふ》に落ちないことがあるのだ」

源九郎が言った。

「何です」

栄造が、源九郎に目をやった。

「富沢屋の娘を攫ったことは分かる。金が強請《ゆす》れるからな。だが、長屋の娘は無理だぞ。めしを食うのに精一杯の暮らしをしている者たちから、金が強請れるはずはなかろう。そのくらいのことは、誰でもわかる」

「旦那の言うとおりかもしれねえ」

栄造は、首をひねった。

次に口をひらく者がなく、その場が重苦しい沈黙に包まれたとき、

「攫った娘を吉原にでも、売るつもりかな」

孫六が言った。

「そうかもしれぬ。いずれにしろ、攫われた娘たちを助け出したい」

源九郎は、富沢屋からも金をもらっている、と口から出かかったが、黙っていた。栄造の前で、金のことは口にしたくなかったのだ。

「人攫い一味をひとりでも捕まえて、話を訊ければ、早いが……」

栄造がつぶやくと、

「栄造、富沢屋の娘は、母親と一緒に浅草寺のお参りに行き、その帰りに広小路から門前通りの辺りまで来たとき、男たちに取り囲まれて攫われたようだ。……

伝兵衛店の件は別にして、わしは浅草寺界隈か、賑やかな門前通り辺りに人攫い一味の目がひかっているような気がするのだが、どうかな」

源九郎が、栄造に目をやって訊いた。

「いずれにしろ、攫った娘は吉原か、浅草寺界隈にある置屋《おきや》に売られるのかもしれねえ」

栄造が小声で言った。あまり、自信はないようだ。置屋は、芸娼妓《げいしょうぎ》を抱えておく店である。

「浅草寺の近くに行ってみやすか。……界隈で幅を利かせている男をつかまえて話を訊けば、人攫い一味のことが知れるかもしれねえ」

孫六が、源九郎と栄造に目をやって言った。

「行ってみやしょう」

栄造も、その気になったようだ。

源九郎、孫六、栄造の三人は勝栄を出ると、店の前の路地から奥州街道に出て北に足をむけた。

源九郎たちは駒形堂《こまがたどう》の近くを通り過ぎ、賑やかな浅草寺の門前通りに出た。その辺りは並木町《なみきちょう》だった。道沿いには料理屋や料理茶屋などが並び、参詣客《さんけいきゃく》や遊《ゆ》山客《さん》などが行き交っている。

「賑やかだな」

源九郎が、通りを行き交う人たちに目をやって言った。

「ここは、浅草でも賑やかな通りでさァ」

栄造が言った。

「女郎屋や遊女のいる茶屋などもありそうだ」

源九郎は、道沿いに並ぶ店に目をやりながら言った。

「表向きは料理屋でも、女郎のいる店もあるはずでさァ」

「まだ、六つ、七つの娘をおく店もあるのか」

「ありやす。豆芸者として芸者や遊女のそばに置く店がありやす」

栄造が、語気を強くして言った。

「そうか」

源九郎は、おきくとおとせは、豆芸者として芸者や遊女のそばに置くために攫われたのかも知れぬ、と思ったが、口にしなかった。はっきりしたことは、何も分かっていないのだ。

「どうしやす。浅草寺の門前の広小路まで行ってみやすか」

栄造が源九郎に訊いた。

「ここまで来たのだ。広小路に行ってみよう」

源九郎たちは門前通り沿いにある店に目をやりながら歩き、浅草寺門前の広小路まで出た。

広小路は、門前通りより賑わっていた。大勢の老若男女が、行き交っている。遊山客や浅草寺の参詣客などが多いらしい。

広小路には、何人もの物売りの姿があった。それに、楊枝《ようじ》を売る床店《とこみせ》が目立った。楊枝は歯ブラシと同じように歯を磨くための物で、歯磨粉も売っている。

店番をしているのは、どの店も若い娘だった。浅草寺の門前は、若い娘が店番をしている店が多いことでも知られていたのだ。行き交う男たちが、楊枝売りの若い娘を冷やかしながら通り過ぎていく。

三

源九郎たちは、話の聞けそうな者がいないか、広小路の左右に目をやりながら歩いた。

浅草寺の門前からすこし離れた広小路沿いに、遊び人ふうの男がひとり立っていた。男は広小路を行き交う人に目をやっている。金をせびれる者はいないか、物色しているのかもしれない。

源九郎は歩きながら、脇にいる孫六と栄造に目をやり、

「あの男に、訊いてみるか」

と、遊び人ふうの男を指差して言った。

「あっしが、訊いてきやしょうか」

栄造が言った。

「いや、わしが訊く。わしのような年寄りなら、あいつも油断するだろう」

源九郎はそう言い残し、ひとり広小路の隅に立っている遊び人ふうの男に近付いた。

男は前に立った源九郎を見ると、驚いたような顔をし、

「爺さん、おれに何か用かい」

と、源九郎を睨《にら》むように見て訊いた。

「ちと、訊きたいことがあるのだ」

源九郎は小声で言うと、懐から巾着《きんちゃく》を取り出し、一分銀を一枚摘《つ》まみ出して男の手に握らせてやった。

「おっ！　すまねえ」

男はそう言って相好《そうごう》を崩し、「爺さん、何が訊きてえんだい」と源九郎に身を寄せて訊いた。

「大きい声では言えぬが、浅草寺の近くには、若い娘と遊べる店があると聞いて来たのだが、どの店か分からんのだ」

源九郎が声をひそめて言った。

「爺さん、好きだねえ。……女と遊べる店なら、門前通りにあるぜ」

男が薄笑いを浮かべて言った。

「この歳になるとな。女とも、まともに遊べなくなってな。……できれば、子供のような若い女《こ》がいいんだ。それに、目立たない店がいいな」

「爺さん、浅草には、そういう店もあるぜ」

男は、卑猥《ひわい》な目で源九郎を見ながら言った。

「教えてくれ」

「嘉沢屋《よしざわや》か、豊島屋《とよしまや》だな」

男によると、嘉沢屋は浅草寺の門前通り沿いにあり、豊島屋は広小路沿いにある太田屋《おおたや》という料理屋の脇の道を入ったところにあるという。

「その店は、表向きは料理屋よ。店に入ってみねえと、女と遊べる店かどうか分からねえ」

「わしは、そんな店がいい」

そう言って、源九郎が男から離れると、

「爺さん、遊び過ぎると、腰が立たなくなるぜ」

男が声をかけ、下卑《げび》た笑い声を上げた。

源九郎は孫六と栄造のそばにもどると、男から聞いたことをかいつまんで話した後、

「ともかく、嘉沢屋と豊島屋に行ってみよう」

と言い、まず豊島屋に行くことにした。

「料理屋の太田屋を探してくれ」

源九郎たちは、広小路沿いにある料理屋に目をやりながら歩いた。

浅草寺の門前から、半町ほど歩いたろうか。先を歩いていた栄造が足をとめ、

「その店ですぜ」

と言って、通り沿いにある店を指差した。

二階建ての大きな店だった。店の入口の脇の掛け看板に、「御料理　太田屋」

と書いてあった。店内に客が大勢入っているらしく、二階の座敷から嬌声《きようせい》や男の笑い声などが賑やかに聞こえてきた。

「脇の道だ」

源九郎が、太田屋の脇の道を指差した。人通りがあった。参詣客らしい男や女が、行き交っている。

「店の脇の道に、入ってみよう」

源九郎が先にたった。

広小路に比べれば、人の通りはすくないが、絶え間なく人が行き来していた。参詣客が流れて来ているらしい。

源九郎たち三人は豊島屋を探すために、通り沿いにある料理屋、料理茶屋、小料理屋などに目をやりながら歩いた。

広小路から一町ほども歩いたろうか。源九郎は路傍に足をとめ、

「その店が、豊島屋だ」

と言って、通り沿いにあった料理屋らしき二階建ての店を指差して言った。

店の入口の掛け看板に、「御料理　豊島屋」と書いてあった。

源九郎たちは通行人を装い、ゆっくりとした歩調で豊島屋の前を通り過ぎた。

店のなかから、客と思われる男の笑い声や嬌声などが聞こえてきた。女の声のなかには、若い娘を思わせる声も交じっている。

源九郎たちは、豊島屋から半町ほど離れてから路傍に足をとめた。

「何か気付いたことはあるか」

源九郎が、孫六と栄造に訊いた。

「店から、子供らしい女の声が聞こえやしたぜ」

孫六が言うと、

「あっしも耳にしやした」

すぐに、栄造が言った。

「あれだけの料理屋なら芸者だけでなく、まだ子供の豆芸者が出入りしていてもおかしくない」

源九郎が小声で言った。豆芸者は、上級の遊女のそばにいる未成年の見習い芸者である。

「攫われた長屋の娘や、富沢屋のおせんは、豆芸者として店におかれているのかもしれねえ」

孫六が、虚空を睨むように見据えて言った。

「そうかもしれん」

源九郎も、攫われたまだ六つ、七つの娘は、豆芸者として遊女の供をして座敷に出ているのかもしれないと思った。

四

「どうしやす」

孫六が、源九郎と栄造に目をやって訊いた。

「近所で、聞き込んでみるか。……まだ、豊島屋の主人《あるじ》の名も知らないのだからな」

源九郎が言うと、孫六と栄造がうなずいた。

源九郎たちは、豊島屋の店の者に気付かれないように、店からすこし離れて聞き込むことにした。

源九郎たちは、一刻（二時間）ほどしたら、その場にもどることにして別れた。

ひとりになった源九郎は、豊島屋の前の道を一町ほど歩いてから、通り沿いにあった八百屋に目をとめた。娘が大根を手にし、店の親爺らしい男と何やら話していた。娘は大根を買いにきたらしい。

源九郎が近付くと、娘は大根を手にしたまま慌てた様子で店先から離れた。

「何か、御用ですかい」

親爺が、素っ気ない顔をして源九郎に訊いた。客ではないと見たのだろう。

「ちと、訊きたいことがあるのだ。手間は取らせぬ」

源九郎が言った。

「何です」

親爺は、店先に並べられた野菜に目をやったまま訊いた。

「この先に、豊島屋という料理屋があるな」

「ありやす」

親爺は、野菜から目を離さなかった。

「店の前を通ったとき、店内から子供のような女の声がしたのだがな。豊島屋には、豆芸者もいるのか」

源九郎が声をひそめて訊いた。

「いやす」

親爺も声をひそめて言い、源九郎に顔をむけた。親爺も、豆芸者の話に興味を持ったのかもしれない。

「ちかごろ、豊島屋で変わったことはないか」

「特に、これといったことは……」

親爺は、首を捻った。

源九郎はさらに親爺に身を寄せ、

「実は、豊島屋にいる豆芸者は、女衒《ぜげん》が連れてきたのではなく、攫ってきたと聞いたが、そうなのか」

と、さらに声をひそめて訊いた。

「そんな話は、聞いてませんぜ。……豊島屋の豆芸者は、女衒が連れてきた娘と聞いてやすが」

親爺は素っ気なく言って、店の戸口近くの台に並べられた大根を手にした。その大根は、萎《しな》びている。

「近ごろ、連れてきた娘ではないか」

源九郎は、さらに食い下がった。

「いつ、連れてきたかは知りませんねえ。ちかごろ、女衒らしい男を目にしたこともねえし……」

親爺はそう言って、大根を手にしたまま店に入りたいような素振りをした。

「手間を取らせたな」

源九郎はそう言って、八百屋の前から離れた。

それから、源九郎は通りを歩き、話の聞けそうな店に立ち寄って豊島屋のことを訊いたが、攫われた娘たちに繋《つな》がるような話は聞けなかった。

源九郎が豊島屋の近くにもどると、すでに孫六と栄造の姿があった。ふたりは先に来て、源九郎を待っていたらしい。

「ここで、立ち話もできん。どうだ、歩きながら話すか」

源九郎が言うと、孫六と栄造がうなずいた。

源九郎たち三人は、門前通りにもどることにして来た道を引き返した。

「これといった話は、聞けなかった」

そう言ってから、源九郎は八百屋の親爺から聞いた話をかいつまんで口にした。

源九郎の話が終わると、

「あっしは、女衒のことを耳にしやしたぜ」

栄造が言った。

「話してくれ」

　源九郎が言うと、孫六も栄造に目をやってうなずいた。

「近ごろ、女衒らしき男が、六、七歳と思われる娘を豊島屋に連れ込むのを見た男がいるそうでさァ」

「娘はひとりか」

　すぐに、源九郎が訊いた。

「その男は、娘はひとりだったと言ってやした」

「女衒が連れ込んだのは、長屋の娘じゃァねえな」

　孫六が言った。

「そうだな」

　源九郎も、長屋の娘ならふたり連れ込んだはずだと思った。ただ、決め付けることはできない。ふたりのうちのひとりだけ、豊島屋に連れてきたとしても、不思議ではないのだ。

「連れ込んだのは、富沢屋のおせんですかね」

　栄造が言った。

「決め付けない方がいいな。……長屋のふたりでもおせんでも、ないかもしれん。別の店にいた豆芸者を豊島屋に連れてきたことも考えられる」

源九郎が言うと、栄造がうなずいた。

「孫六、何か知れたか」

源九郎が訊いた。

「あっしは、豊島屋の主人の名を聞きやした」

孫六は、豊島屋から出てきた客に目をとめて、話を訊いたという。

「勝五郎《かつごろう》という名だそうで」

「勝五郎か。聞いた覚えのない名だ」

源九郎が言うと、栄造もうなずいた。

「それに、勝五郎は時々嘉沢屋へ行くことがあるそうですぜ」

孫六が、源九郎と栄造に目をやって言った。

「なに！　勝五郎は嘉沢屋に出入りしているのか」

源九郎の声が、大きくなった。

「そうでさァ」

「豊島屋と嘉沢屋は、つながっているのか」

「嘉沢屋も探ってみる必要がありやすぜ。勝五郎は、やくざの親分らしいと口にする者がいやしたから」

そう孫六が言うと、

「帰りに、嘉沢屋を探ってみるか」

と、源九郎が言った。

長屋に帰るには、広小路から浅草寺の門前通りに出て、奥州街道を南にむかわねばならない。途中、嘉沢屋の前を通るはずである。

ただ、陽は西の空にまわっているので、今日の内に嘉沢屋の近くで聞き込みにあたるのは無理だろう。

源九郎たちは賑やかな広小路に出ると、東に足をむけた。そして、門前通りを南にむかった。

門前通りは、賑わっていた。ただ、参詣客や遊山客の多くは浅草寺から帰るらしく、南に足をむけている。

源九郎たち三人は、茶屋町《ちゃやまち》を抜けて並木町まで来ると、通り沿いにあった菓子屋に立ち寄った。そして、菓子屋の店先にいたふたり連れの娘に、嘉沢屋が何処にあるか訊くと、

「嘉沢屋なら、二町ほど歩くと通りの右手にあります。その辺りでは目を引く二

階建ての大きな料理屋なので、すぐ分かりますよ」

年上と思われる娘が、教えてくれた。

源九郎たちは教えられた通り、二町ほど歩いた。

「あの店だ」

栄造が指差して言った。

通り沿いに、二階建ての料理屋があった。店に近付くと、入口の脇に「御料理嘉沢屋」の掛け看板が出ていた。

二階の座敷には大勢の客がいるらしく、嬌声や男たちの談笑の声などが聞こえてきた。

「裏手にも、店らしい建物がありやすぜ」

孫六が、嘉沢屋の店の脇から裏手に目をやって言った。

「離れらしいな」

源九郎が言った。

店の裏手には松や紅葉《もみじ》などが植えられ、二階建ての離れらしき建物があった。

「離れにも、客を入れるのかな」

栄造が、裏手に目をやりながら言った。

「見たところ、部屋数の多い大きな建物だ。上客を入れる座敷が、あるのかもしれん」

源九郎は、店の者が住む家にしては豪華過ぎると思った。

「どうしやす」

栄造が、源九郎に目をやって訊いた。

すでに、陽は家並の向こうに沈み、辺りは暮色に染まっていた。嘉沢屋の二階の座敷には、灯《ひ》の色がある。

「これから、聞き込みにあたれば、長屋に帰るのは真夜中になりやすぜ《けえ》」

孫六が言った。

「出直すか。……嘉沢屋を探るのは、明日にすればいい」

源九郎は焦ることはない、と思った。

「そうしやしょう」

栄造が言った。

源九郎たちは明日出直すことにし、今日はこのまま帰ることにした。

五

翌朝、源九郎は長屋の家で、陽がだいぶ高くなってから目を覚ました。昨日の疲れが、体に残っていたらしい。

源九郎が流し場で顔を洗い、飯を炊こうと思って竈《かまど》の前に足を運んだときだった。戸口に近付いてくる何人もの足音がした。三、四人はいるだろうか。足音は、腰高障子の向こうでとまり、

「華町、いるか」

と、菅井の声がした。

「いるぞ。入ってくれ」

源九郎が声をかけると、すぐに腰高障子があいた。

入ってきたのは、菅井、安田、孫六、茂次、三太郎、平太の六人である。源九郎の仲間が、全員顔を揃えたのだ。

菅井たち六人が土間に入ると、

「どうしたのだ。みんな揃って、何かあったか」

すぐに、源九郎が訊いた。

「いや、何もないのだ。それで、相談に来たのだ」

安田が言った。

「どういうことだ」

「いや、長屋のおきくとおとせの行方は分からんし、富沢屋からは金を貰っている。華町たちはおきくたちを助け出すために、連日、探索にあたっているが、おれたちは長屋にとどまっているだけで、何もしてないのだ」

安田が言うと、

「あっしらも、長屋に燻《くすぶ》っていねえで、華町の旦那たちと一緒におきくたちの居所を探りに行きてえんでさァ」

茂次が、身を乗り出して言った。

「みんなの気持ちは、分かるが……」

源九郎はそう言った後、いっとき間を置いてから、

「浅草で、おきくたちの行方と人攫い一味を探っているのだが、いま、浮かんでいるのは、浅草の浅草寺界隈を縄張りにしている勝五郎という親分らしい男だ」

と、男たちに目をやって言った。

「やくざの親分が、娘たちを攫ったんですかい」

茂次が訊いた。

「浅草には、芸妓や娼妓を抱えた店がいくつかあるが、それだけでなく、豆芸者と呼ばれる子供の芸者を呼ぶ料理屋もあるようだ。そうした芸妓や豆芸者などにかかわっているのが、勝五郎ではないかとみているのだ」

源九郎が言った。芸妓は芸者、娼妓は、遊女のことである。

「おきくとおとせは、豆芸者になっているのかもしれねえ」

黙って聞いていた平太が、昂《たかぶ》った声で訊いた。

「まだ、はっきりしたことは分からん。だが、攫われたおきくとおとせ、それに、富沢屋のおせんは、豆芸者として、浅草寺界隈に塒《ねぐら》のある親分のいる料理屋におかれているとみている」

源九郎が、その場にいた男たちに目をやって言った。

「そういうことか」

安田が、顔を険しくしてうなずいた。

次に口を開く者がなく、座敷が重苦しい沈黙につつまれたとき、

「あっしも行きやす！」

と、平太が身を乗り出して言った。

　すると、菅井、安田、茂次、三太郎の四人も、俺も行く、と言い出した。

「今のところ、大勢で浅草に行って、勝五郎たちを探ることはできん。勝五郎たちに気付かれたら、攫われた娘たちはどうなるか分からん。……おきくたちは、人質に取られているのと同じなのだ」

　源九郎が、男たちに目をやって言うと、

「華町、どうだ、攫われた娘たちとは別のことで、浅草界隈を探っているように見せたら」

　菅井が言った。

　その場にいた、源九郎をはじめとした男たちの目が菅井に集まった。

「別のこととは」

　源九郎が訊いた。

「そうだな、賭場《とば》はどうだ。博奕《ばくち》好きということにしてな、賭場を探していることにして浅草に出掛け、ついでに遊女や攫われた娘のことを訊くのだ。……もちろん、攫われた娘の名は出さん」

　菅井が、その場にいた男たちに目をやって言った。

「賭場な……」

源九郎がつぶやいた。それにしても、伝兵衛店や富沢屋の名は出せないし、長屋にも何人か残る必要があると思った。

それから、七人で話し、安田、茂次、三太郎の三人が長屋に残り、菅井、平太、孫六、源九郎の四人で浅草に行くことになった。四人といっても、浅草に行ったら二手に分かれることになるだろう。

長屋に残る安田たち三人は、様子を見て仕事に出掛けても構わないことになった。何事もない長屋にずっととどまっているのは無駄だし、やることもなく、長屋で一日中過ごすのは、苦痛でもある。

「これで、話がついたな」

源九郎が、男たちに目をやって言った。

すると、源九郎のそばにいた孫六が、

「華町の旦那、今日はどうしやす」

と、小声で訊いた。

「それがな、まだ朝めしを食ってないのだ」

源九郎が、げんなりした顔で言った。

「めしは、炊いてあるのか」

菅井が訊いた。

「まだだ。めしを炊こうとしたところに、みんなが来たのだ」

「華町、めしならあるぞ。今朝炊いためしが残っている」

そう言って、菅井は立ち上がり、腰高障子をあけて出ていった。どうやら、自分の家から飯を持ってくるらしい。

「さて、おれたちも家にもどるか」

安田が言い、孫六、平太、茂次、三太郎が腰を上げた。いったん、自分の家にもどるつもりらしい。

六

源九郎、菅井、平太、孫六の四人は、伝兵衛店を出ると、浅草にむかった。途中、蕎麦屋の勝栄に立ち寄って、今日は長屋の者たちだけで浅草に行くことを話すつもりだった。源九郎たち長屋の者だけで、攫われた娘たちの居所を探すのである。

四人は賑やかな両国広小路を抜け、奥州街道を北にむかった。そして、勝栄に立ち寄り、今日は長屋の者だけで行くことを話してから浅草にむかい、駒形堂を右手に見ながら浅草寺の門前通りに入った。

門前通りは、相変わらず賑わっていた。参詣客や遊山客などが行き交ってい
る。

源九郎たちは、道沿いにある嘉沢屋が見えてくると、路傍に足をとめた。

「あれが、嘉沢屋だ」

源九郎が、二階建ての料理屋を指差して言った。

嘉沢屋から、客と思われる談笑の声が聞こえてきた。すでに、昼を過ぎていたので、客が入っているらしい。

「大きな店だな」

菅井が、嘉沢屋を見ながらつぶやいた。

「裏手には、離れもある」

源九郎が、嘉沢屋の脇を指差して言った。

店の裏手にある二階建ての離れが、松や紅葉などの葉叢《はむら》の間から見えた。狭いようだが、離れの前が庭になっているらしい。離れにはまだ客が入っていないらしく、ひっそりとしていた。

「どうしやす」

孫六が訊いた。

「近所で、聞き込んでみよう」

源九郎たちはその場で二手に分かれ、近所で嘉沢屋の離れ、芸者、豆芸者のことなどを聞いてみることにした。

源九郎と平太、菅井と孫六が組むことになった。源九郎と孫六が別になったのは、すでにふたりは浅草で勝五郎や豊島屋などを探っており、様子が分かっていたからだ。

源九郎は平太と一緒に門前通りを歩き、話の聞けそうな店はないか探した。近隣の店の者なら、嘉沢屋や主人のことも知っているとみたのだ。

「あの店で、訊いてみやすか」

平太が、通り沿いにあった菓子屋を指差して言った。店の脇の掛け看板に「御《お》菓子処《かしどころ》」と書いてあった。子供連れの母親らしき女や娘などが出入りしている。

源九郎は平太と菓子屋の脇まで行き、

「平太、店の者に嘉沢屋の主人の名と、裏手にある離れのことを訊いてみてくれ」

と頼み、自分は、行き交う人の邪魔にならないように通りの脇に立った。若い平太の方が、訊きやすいとみたのだ。

平太は店に入り、菓子屋の者と何やら話していたが、いっときすると源九郎のそばに戻ってきた。

「平太、知れたか」

すぐに、源九郎が訊いた。

「知れました。嘉沢屋の主人の名は、重蔵《しげぞう》だそうです」

平太が言った。

「重蔵か。それで、離れのことで、何か知れたか」

「裏手の離れには店の主人が住み、特別な上客だけを入れる座敷があるようです」

「重蔵は、離れに住んでいるのか」

「妻女も、一緒のようです」

「そうか」

源九郎はいっとき間を置いてから、

「芸者や豆芸者のことは訊かなかったか」

「訊きました。芸者は、裏の店にも来ることがあるそうです。豆芸者のことも訊いたんですが、店の者は知らないようでした」

「そうか」

いずれにしろ嘉沢屋は重蔵の店であり、離れが埘だと分かった。

それから、源九郎と平太は通り沿いの店に立ち寄って、それとなく嘉沢屋や重蔵のことを訊いたが、新たなことは分からなかった。

源九郎と平太が菅井たちと別れた場にもどると、菅井と孫六が先に来て待っていた。

「平太から話してくれ」

そう言って、源九郎は平太に目をやった。

平太は、嘉沢屋の主人の名が重蔵だと口にしてから、離れのことを話した。

「あっしらも、土地の遊び人らしい男に、離れには上客だけがくると聞きやしたぜ。それに、芸者や豆芸者がいることもあるそうで」

孫六が目を光らせて言った。

「なに、豆芸者がいるのか」

源九郎の声が大きくなった。

「芸者と一緒に、呼んだのかもしれねえ……」

孫六は語尾を濁した。話を訊いた男も、はっきりしたことは知らなかったのだろう。

「いずれにしろ、重蔵は、おきくとおとせを攫った一味とかかわりがありそうだ」

源九郎が言うと、そばにいた男たちがうなずいた。

「どうする」

菅井が源九郎に訊いた。

「すこし疲れたな」

源九郎が言った。源九郎たちは、本所にある伝兵衛店を出て、途中栄造の店に立ち寄り、歩いて浅草まで来て、休むことなく聞き込みにあたったのだ。

「どうだ、近所の蕎麦屋にでも入って、一休みしながら一杯やるか」

そう言って、源九郎が男たちに目をやった。栄造の店に立ち寄ったときは、腹がすいていなかったのでそのまま出たのだ。

「そうしやしょう」

孫六が声を上げた。菅井と平太も、うなずいた。

「近くに蕎麦屋はあったかな」

源九郎が、通り沿いの店に目をやって言った。

「来るときに目にしたのだがな、すこしもどった所にあったぞ」

菅井が言うと、

「あっしも、見やした！」

と、孫六が声を上げた。

「その店に行こう」

源九郎たちは来た道を引き返した。

七

源九郎たち四人は、通り沿いにあった蕎麦屋に入った。

源九郎は飯台を前にし、腰掛け代わりに置かれた空樽に腰を下ろした。そして、注文をとりに来た店の親爺に、

「そこに、嘉沢屋という料理屋があるな」

と、訊いた。

孫六たち三人は、同じ飯台を前にして空樽に腰を下ろしている。この場は、源九郎に任せる気らしい。

「ありやすが」

　親爺が、戸惑うような顔をした。突然、見知らぬ客に、嘉沢屋のことを訊かれたからだろう。

「嘉沢屋は、客が頼めば、芸者や豆芸者を座敷に呼んで楽しむことができると聞いたのだがな」

源九郎が小声で訊いた。

「そんな噂も、耳にしやした」

親爺は素っ気なく言った。

「裏手の離れは、芸者を呼んで遊ぶ客が多いらしいな」

源九郎は、裏手の離れのことも聞きたかったので、そう口にしたのだ。

「離れの方が、芸者を呼ぶ客は多いようですよ」

親爺が言った。

「裏手の離れには、どんな客がくるのだ」

さらに、源九郎が訊いた。

「金持ちでさァ」

親爺はそう言うと、

「旦那、蕎麦にしやすか」

と訊いて、その場を離れたそうな素振りを見せた。いつまでも、客と無駄話をしている暇はない、と思ったのだろう。

「まず、酒だ」

源九郎が言うと、菅井と孫六はうなずいたが、

「あっしは、蕎麦がいい」

と、平太は言った。平太は嘗めるほどしか、酒を口にしなかったのだ。

「すぐ仕度しやす」

親爺は、踵《きびす》を返して調理場にもどった。

それからいっときすると、親爺が女房と思われる年配の女とふたりで、蕎麦と酒を運んできた。

源九郎たちは酔わない程度に酒を飲み、届いた蕎麦を食べてから蕎麦屋を出た。そして、嘉沢屋の近くで路傍に足をとめた。

嘉沢屋に目をやると、ちょうど店の脇に年配の男がふたり入っていくところだった。離れにきた客らしい。

ふたりの姿は、嘉沢屋の陰になってすぐに見えなくなった。

「どうしやす」

孫六が訊いた。

「店の裏手の離れのことが知りたい。芸者と一緒に、豆芸者が来るかもしれない」

源九郎が言った。胸の内には、娘たちを攫った一味の頭目は重蔵ではないかとの読みがあった。頭目が重蔵であれば、攫われた娘は、離れの何処かに監禁されている可能性が高い。豆芸者として、姿を見せるかもしれない。ただ、確証はないので、決め付けるわけにはいかなかった。

「近所で聞き込んでみるか」

菅井が言った。

「そうだな」

源九郎はうなずいたが、すでに近所で聞き込んでいたので、新たなことは分からないような気がした。

「どうだ、嘉沢屋の客に訊いてみるか」

源九郎が、男たちに目をやって言った。

「店から出てきた客に訊くんですかい」

孫六が訊いた。

「それしかないな。店に入って、訊くわけにはいかないからな」

「店の客なら、店に来る芸者や豆芸者を目にしたことがあるかもしれねえ」

黙って聞いていた平太が、小声で言った。

「とにかく、客が出てくるのを待とう。昼頃入った客は、そろそろ店から出てきてもいい頃だ」

源九郎は、空に目をやった。陽は西の空にまわっている。七ツ（午後四時）を過ぎているだろう。

源九郎たちが路傍に立っていっときすると、嘉沢屋の格子戸が開いた。姿を見せたのは、商家の旦那ふうの男がふたり。それに、女将《おかみ》らしい年増だった。

三人は戸口で何やら話していたが、年増が、「嫌だ！　そんなこと」と言って、年配と思《おぼ》しき男の背を叩いた。男が、何か卑猥なことでも口にしたのかもしれない。

男は笑いながら、「女将、また来る」と言い残し、もうひとりの男とふたりで戸口から離れた。

女将はふたりの男が店から離れると、踵を返して店にもどった。ふたりの客を見送りに来ただけらしい。

ふたりの男は何やら話しながら、浅草寺の方に歩いていく。

「あっしが、あのふたりに訊いてきやす」

孫六がそう言い、小走りにふたりの男の後を追った。

源九郎、菅井、平太の三人は、通りの邪魔にならないように路傍に立って、孫六に目をやっている。

八

孫六は、ふたりの男に近付くと、

「ちょいと、すまねえ。訊きてえことがある」

と、背後から声をかけた。

ふたりの男は足をとめ、背後に立っている孫六に目をやると、

「てまえたちですかな」

と、年配の男が訊いた。もうひとりの若い男は、探るような目を孫六に向けている。

「いま、ふたりが、嘉沢屋から出てきたのを目にしてな。嘉沢屋のことで訊きて

えことがあるんだ」

孫六は、「ふたりの足を、とめさせちゃァ申し訳ねえ。歩きながらでいいぜ」

と、言い添えた。

ふたりの男は歩き出し、脇にいる孫六に、

「何を訊きたいんです」

と、年配の男が訊いた。

「嘉沢屋の裏手に離れがあるな」

孫六が小声で言った。

「ありますが……」

年配の男は、素っ気ない声で言った。

「離れにも、客を入れるそうだな」

「そう聞いてます」

「離れには、芸者を呼ぶ者が多いそうだが、おれもな、一度でいいから芸者を呼んで、賑やかに一杯やりてえんだ」

孫六が、薄笑いを浮かべて言った。

「離れの客は、よく芸者を呼ぶようですよ。てまえも一度、離れで芸者を呼んで楽しんだことがございます」

年配の男が、声をひそめて言った。

「そうかい。旦那なら、離れのことも詳しいな」

「いえ、離れに行ったのは、一度だけですから」

年配の男が、苦笑いを浮かべた。

「それで、芸者の他に豆芸者もいたのかい」

孫六が、年配の男に身を寄せて訊いた。

「おりました。てまえが呼んだ芸者も、豆芸者を連れてきましたよ。嘉沢屋の離れでは、芸者が豆芸者を連れてくるのは珍しくないようです」

「へえ、そうかい。豆芸者を連れてくる芸者が、離れに入っていくのは、あまり見掛けねえがな」

孫六は、首を傾げた。さらに、男から話を聞き出そうとしたのだ。

年配の男は孫六に身を寄せ、

「豆芸者は、何人か離れにいるようですよ」

と、声をひそめて言った。

「へえ、豆芸者だけ、離れにいるのかい」

孫六は驚いたような顔をして見せた。腹の内には、「その豆芸者は、攫った娘たちではないか」との思いがあったが、口にしなかった。

「詳しいことは知りませんがね。豆芸者は離れに閉じ込められているという噂を耳にしたことがありますが、ほんとかどうか……」

年配の男は、首を捻った。ただ、噂話を耳にしただけなので、確かなことは分からないのだろう。

「ところで、女衒が嘉沢屋に顔を出すことはあるのかい」

孫六が訊いた。女衒がかかわっているかどうか、確かめようとしたのだ。

「知りませんねえ。てまえは、離れにいったのは、一度だけですから」

年配の男は素っ気なく言うと、すこし足を速めた。見知らぬ男とお喋りが過ぎたと思ったのかもしれない。

「おれも、離れで一杯やりてえが、銭がねえからな」

そう言って、孫六は足をとめた。ふたりの男に、これ以上訊くことはなかったのだ。

孫六は踵を返し、足早に源九郎たちのいる場にもどった。

「孫六、何か知れたか」

すぐに、源九郎が訊いた。

「知れやしたぜ」

そう言って、孫六はふたりの男から聞いたことをひととおり話した。

「豆芸者が、離れにいるのか」

源九郎が顔を厳しくして言った。そばにいた菅井と平太は、睨むように嘉沢屋を見つめている。

「へい。おきくたちが、いるかもしれやせん」

孫六が言った。

「そうか」

源九郎も、睨むように嘉沢屋に目をやっている。

「華町、どうする」

菅井が訊いた。

「そうだな」

源九郎はいっとき黙考していたが、

「ここにいる四人で、離れに踏み込むわけにはいかないし、離れにいる豆芸者が攫われたおきくたちとも決め付けられない。もうすこし探って、離れにいる豆芸者がおきくたちかどうかはっきりしてからだな」

と、言って、その場にいた菅井、孫六、平太の三人に目をやった。

「そうだな。今日のところは、引き上げるか。そろそろ陽が沈む。明日にも出直して、離れを探ってみればいい」

　菅井が、その場にいる男たちに目をやって言った。


　源九郎たち四人は路傍から離れ、南に足をむけた。これから伝兵衛店に帰るつもりだった。

　四人が嘉沢屋から離れたときだった。嘉沢屋の脇から遊び人ふうの男がひとり姿を見せた。男は店の裏手の離れから出て来たらしい。離れから嘉沢屋の脇を通って表通りに出入りできるようになっていたのだ。

　男は源九郎たちの姿を目にすると、

……伝兵衛店のやつらかもしれねえ。

　そうつぶやき、源九郎たちの跡を尾《つ》け始めた。

　男の名は寅吉《とらきち》、伝兵衛店からおきくとおとせを攫った一味のなかにいたひとりである。

寅吉は、源九郎たちからすこし距離をとって尾けていく。距離をとったのは気付かれないためだが、伝兵衛店に行く道筋は分かっていたので、見失っても跡を尾けることはできた。

前を行く源九郎たちは、奥州街道を南にむかい、神田川にかかる浅草橋を渡った。そして、賑やかな両国広小路を東にむかった。

寅吉は、人通りのなかで見失わないように源九郎たちとの間をつめた。源九郎たちが振り返って見ても、人混みのなかにいる寅吉に不審を抱くようなことはないだろう。

前を行く源九郎たちは、大川にかかる両国橋を渡った。そして、橋の東のたもとから右手にむかい、竪川沿いの通りに出た。

源九郎たちが川沿いの通りを東にむかったとき、寅吉は路傍に足をとめた。

……あいつら、伝兵衛店に帰《けえ》るのだ。

そうつぶやいて、踵を返した。

これ以上、前を行く四人の跡を尾ける必要はなかった。四人が伝兵衛店に帰ると分かったからだ。

第三章　襲撃

一

その日、源九郎と孫六は、岡っ引きの栄造の店にいた。浅草にむかう途中、諏訪町にある蕎麦屋の勝栄に立ち寄ったのだ。

源九郎たちは嘉沢屋の裏手にある離れのことを栄造に話し、手がすいていれば、一緒に嘉沢屋を探りにいくつもりだった。

源九郎と孫六のふたりだけで来たのには、理由があった。浅草に大勢で行くと、嘉沢屋の者に気付かれる恐れがあるし、何人かで分かれて聞き込むつもりはなかったからだ。

栄造はすぐに姿を見せた。奥の板場で、女房のお勝と一緒に蕎麦屋をあける仕度をしていたらしい。

源九郎は、手拭いを肩に引っ掛けて板場から出てきた栄造に、

「蕎麦屋は忙しいのか」

と、訊《き》いた。

「いつもと、同じでさァ。それで、ふたりは浅草に行く途中ですかい」

栄造が、源九郎と孫六に目をやって訊いた。

「そうだ。嘉沢屋の裏手にある離れだがな、客に芸者や豆芸者をつけて、楽しませているようなのだ」

源九郎が言った。

「やはりそうでしたかい」

栄造は、肩に引っ掛けていた手拭いを外した。

「それでな、もうすこし、裏手の離れを探ってみようと思ってきたのだが、栄造、店を出られぬか」

源九郎が訊いた。

「一緒に、浅草に行きやしょう。あっしの仕事は、御用聞きだ。蕎麦屋の仕事で、下手人を探りに行かねえなら、十手を返した方がいい」

栄造が、語気を強くして言った。

「嘉沢屋を探りたいのだが、重蔵のことを知っていそうな者はいないか」

源九郎が、栄造に訊いた。

「いやすが、今は飲み屋をやってるはずですぜ」

栄造が言った。浅草寺の門前通りから路地をすこし入ったところで、長く飲み屋をやっている安吉《やすきち》なら、重蔵のことを知っているのではないか、と言い添えた。

「離れを探る前に、安吉に話を訊きたいが、会えるかな」

源九郎が、栄造に訊いた。

「会えるはずでさァ」

栄造は、「すぐ、仕度してきやす」と言い残し、板場にもどった。

栄造は、いっときすると店にもどってきた。小袖の裾を帯に挟み、黒股引《ももひき》に草履《ぞうり》履《ば》きだった。岡っ引きらしい身支度である。十手は、懐に隠しているのに違いない。

「行きやすか」

そう言って、栄造が先に店を出た。

源九郎たち三人は奥州街道に出て、北にむかった。そして、賑やかな浅草寺の門前通りに出て、いっとき歩くと、栄造が路傍に足をとめ、

「そこの小料理屋の脇の道を入った先でさァ」

と、言って、小料理屋らしい店を指差した。

店の脇に、細い道があった。その道沿いにも、小体《こてい》な店が並んでいた。蕎麦屋、一膳めし屋、小料理屋などの飲み食いできる店が多いようだ。

その小径《こみち》にも、行き交う人の姿があった。表通りから流れてきた参詣《さんけい》客や遊山《ゆさん》客がいるらしい。

栄造が先にたって小径に入り、一町ほど歩いたときだった。栄造が路傍に足をとめ、

「その店でさァ」

と言って、道沿いにある縄暖簾を出した店を指差した。戸口の脇の掛け看板に、「酒　肴《さかな》」と書いてある。

「店に入《へえ》りやす」

栄造が先にたって、腰高障子をあけた。

店に入ると、土間に飯台と腰掛け代わりの空樽が置いてあった。店内に、客の

姿はなかった。まだ、店をあけて間もないらしい。

「誰か、いねえか」

栄造が、奥にむかって声をかけた。

すると、右手の奥の板戸があき、男がひとり姿を見せた。初老の浅黒い顔をした男である。

「安吉、しばらくだな」

栄造が男に声をかけた。

「諏訪町の旦那、お久し振りで」

そう言った後、安吉は、源九郎と孫六に目をやり、

「一緒に見えたふたりの旦那は」

と、小声で栄造に訊いた。

「華町の旦那と、孫六さんだ。旦那たちの知り合いの娘が、攫われてな。おれと、一緒に捜しに来たんだ」

栄造が言うと、

「華町だ。一人で、長屋暮らしをしておる。同じ長屋に住む、まだ六つ、七つの娘がふたり、攫われてな。浅草寺界隈に連れてこられたとみて、捜しにきたの

だ」

源九郎が、安吉に身を寄せて言った。富沢屋のおせんのことは、口にしなかった。説明するのが、面倒だったからだ。

「孫六でさァ。あっしは、華町の旦那と同じ長屋に住んでやす」

つづいて、孫六が小声で名乗った。

「安吉でさァ。栄造の旦那には、昔、世話になったことがありやして」

安吉はそう言うと、振り返って、奥にもどりたそうな素振りを見せた。酒の肴を仕込んでいたのかもしれない。

すると、栄造が巾着を取り出して銭を手にし、

「仕事の邪魔をしたようだ」

そう言って、銭を安吉に握らせてやった。

「すまねえ。板場は、女房に任せやす」

途端に、安吉は相好を崩し、「何でも、訊いてくだせえ」と源九郎と孫六に目をやって言った。心付けが利いたらしい。

「長屋の娘だが、まだ六つ、七つの子たちでな。攫ったのは、門前通りに店を構えている嘉沢屋の重蔵の手の者ではないかと見ている。……まだ、確かなことは

分かってないのだ」

源九郎は、ここでも富沢屋の娘のことは、口にしなかった。話がややこしくなるからだ。

「重蔵かもしれねえ」

安吉が低い声で言った。両眼が、底光りしている。

「重蔵はどんな男だ」

源九郎が訊いた。

「重蔵は、いまでこそ料理屋の主人《あるじ》をしてやすがね。若いころは、女衒だったんでさァ。それも、まだ六つ、七つの娘を攫いやしてね。密《ひそ》かに吉原に連れてって、売ってたんですぜ」

安吉が、顔をしかめて言った。

「重蔵は女衒だったんですかい」

孫六が、念を押すように訊いた。

「娘を攫って売り飛ばして金を儲け、料理屋を始めて今になったんでさァ」

安吉の顔にも、嫌悪の色があった。

「ところで、重蔵だがな。今も、娘たちを攫って豆芸者として店におき、芸者と一緒に客の相手をさせているのではないか」

源九郎が訊いた。

「そうでさァ。……子分たちを使って娘を攫い、豆芸者として客の相手をさせているようですぜ」

「嘉沢屋の裏手の離れにも、攫ってきたまだ六つ、七つの娘がいるのだな」

源九郎が、念を押すように訊いた。

「あっしは、見たことがねえが、あっしの店の客のなかにも、嘉沢屋の裏手の離れに、豆芸者が何人かいると話してた奴がいやした」

安吉が言った。

「やはりそうか」

源九郎は、攫われた長屋のおきくとおとせ、それに富沢屋のおせんも離れにいるのではないかと思った。ただ、推測だけで、確かなことは分からない。

源九郎と孫六が黙ると、

「茶を淹《い》れやしょう」

安吉がそう言って、奥へもどろうとした。

「茶はいい」

源九郎がそう声をかけ、「おれの知りたいことは、訊いた」と栄造に小声で言った。

「安吉、手間を取らせたな。近いうちに、一杯やりに寄らせてもらうぜ」

栄造はそう言い、源九郎と孫六に目をやった。

源九郎と孫六は、栄造につづいて飲み屋を出た。

二

源九郎は、浅草寺の門前通りに出てから、

「嘉沢屋を覗いてみるか」

と、栄造に小声で言った。

「まだ、裏手の離れは探れねえ」

栄造は、昼を過ぎたばかりなので、離れに客はいないだろうという。重蔵と子分たちだけがいる離れに、密かに近付くのは難しいらしい。

「なに、せっかく来たのだ。嘉沢屋を見張って、子分らしい男が姿を見せたら、それとなく話を訊いてみるだけでもいい」

源九郎が言うと、栄造と孫六がうなずいた。

源九郎たち三人は嘉沢屋の近くまで行くと、通りを行き来する人の邪魔にならないように路傍に立って、嘉沢屋に目をやった。門前通りは行き交う人の姿が多く、通り沿いの店の前に足をとめる者もいるので、源九郎たちが路傍に立っていても不審の目をむける者はいなかった。

いっときすると、嘉沢屋の脇から遊び人ふうの男がひとり姿を見せた。離れから出てきたらしい。

男は浅草寺の方にむかって歩いていく。

「あっしが、訊いてきやす」

そう言って、孫六がその場を離れ、男の後を追った。

孫六は男に近付き、

「すまねえ。兄いに訊きてえことが、ありやして」

と、後ろから声をかけた。

「何だい」

男は足をとめて、孫六に顔をむけた。

「兄いの足をとめさせちゃァ申し訳ねえ。歩きながらでいい」

孫六はそう言って歩き出し、

「裏手の離れには若い娘がいて、男を楽しませてくれると聞いたんだが、ほんとかい」

と、声をひそめて訊いた。

「ああ、まだ、男を知らねえ、うぶな娘もいるぜ」

男は歩きながら、薄笑いを浮かべて言った。

「今から、離れに入《へえ》れるかい」

「そうだな、半刻（一時間）ほど経ってからがいいぜ」

男が小声で言った。

「いまだと、まずいことでもあるのかい」

「まずいことはねえが、離れにいた男たちが出掛けたばかりでな。慌ただしいかもしれねえ。それに、まだ女を抱くには早えぜ」

男が上空に目をやり、「昼を過ぎたばかりだ」と言い添えた。

「今ごろから、店の男たちは何処へ出掛けたんで」

孫六が、それとなく訊いた。

「詳しいことは聞いてねえが、本所らしいぜ」

「本所ですかい！」

思わず、孫六が声を上げた。伝兵衛店のことが、胸を過《よ》ぎったのだ。

「そう聞いたぜ」

男も驚いたような顔をした。孫六が、急に大きな声を出したからだろう。

「本所にも、嘉沢屋の息のかかった店があるんですかい」

孫六は、伝兵衛店のことは口にせず、別のことを訊いた。

「そうじゃァねえ。……詳しいことは知らねえが、店に連れてきた娘のことで、いざこざがあったらしい」

そう言って、男はすこし足を速めた。見ず知らずの男と、話しすぎたと思ったのかもしれない。

孫六は慌てて男を追い、

「本所へは、何人ほどで行ったんですかい」

と、背後から訊いた。

「知らねえよ。おめえ、なんで、しつこく訊くんだ。本所から連れてきた娘と、かかわりでもあるのか」

男が声を荒らげて訊いた。

「かかわりはねえが、本所にあっしの親戚がいるんでさァ」

咄嗟《とっさ》に、孫六が頭に浮かんだことを口にした。

「それなら、孫六が頭に浮かんだことを口にした。」


男はそう言うと、小走りに孫六から離れた。

孫六は走って源九郎たちのそばにもどると、

「大変だ！　離れにいた男たちが、本所へむかったようですぜ」

すぐに、昂《たかぶ》った声で言った。

「伝兵衛店か！」

思わず、源九郎が声を上げた。

「長屋かどうか聞けなかったが、重蔵一家が本所で何かかかわりがあるとすれば、おきくたちを攫った伝兵衛店しかありませんぜ」

孫六が言った。

「そうだな」

「すぐ、伝兵衛店に帰《けえ》りやしょう」

「よし、帰ろう！」

源九郎も、その気になった。

「あっしも、行きやしょう」

栄造も源九郎の背後についた。

源九郎たち三人は、浅草寺の門前通りを南にむかった。そして、浅草御蔵の前を通り、神田川にかかる浅草橋を渡って、賑やかな両国広小路に出た。両国広小路を東にむかい、大川にかかる両国橋を渡った。渡った先が、本所元町である。ここまで来れば、伝兵衛店のある相生町一丁目はすぐだ。

源九郎たちは竪川沿いの通りに入り、相生町一丁目まで来ると左手の道に折れた。その道の先に伝兵衛店はある。

通りの先に伝兵衛店が見えてくると、源九郎たち三人は小走りになった。

三

「か、変わった様子は、ありませんぜ」

孫六が喘《あえ》ぎながら言った。小走りで来たために、息が上がったらしい。

「とにかく、長屋へ帰ろう」

源九郎が言い、三人は路地木戸をくぐった。

井戸端に、お熊とおまつの姿があった。おまつは、お熊の隣に住んでおり、ふたりは亭主が同じ日傭取りということもあって、井戸端で話をしている姿をよく見掛ける。

お熊は、源九郎たちの姿を目にすると、小走りに近付いてきて、

「華町の旦那、何かあったらしいよ。さっきまで、菅井の旦那たちが、路地木戸のところで通りの様子を見てたんだから」

と、昂った声で言った。

「菅井たちは、どこにいる」

源九郎が訊いた。

「家にいるはずだよ」

「済まぬが、ふたりで菅井たちに、わしの家に来るように話してくれんか」

源九郎は、菅井たちから話を訊いてみようと思ったのだ。

「すぐ、話してくる」

お熊がそう言い、おまつとふたりで井戸端を離れた。ふたりは下駄の音を響かせて、菅井の家へむかった。

源九郎、孫六、栄造の三人は、源九郎の家に入った。源九郎は喉が渇いていたので、流し場で水を一杯飲んでから座敷に上がった。

源九郎たちが一息ついたとき、戸口に近付いてくる何人かの足音がした。足音

は戸口でとまり、

「華町、いるか」

と、菅井の声がした。

「いるぞ。入ってくれ」

源九郎が声をかけると、すぐに腰高障子があいた。

姿を見せたのは、菅井と平太だった。ふたりが土間に入ると、その背後から走り寄る足音がした。そして、ふたりにつづいて、茂次が姿を見せた。

菅井、平太、茂次の三人が座敷に上がって間もなく、「華町、入るぞ」という安田の声がし、腰高障子があいた。土間に入ってきたのは、安田と三太郎である。

座敷に七人の仲間が、顔を揃えた。狭い座敷なので、上がり框《がまち》近くにあぐらをかいている者もいる。

「お熊とおまつに、路地木戸の近くで、菅井たちが通りの様子を見ていたと聞いてな。何かあったと思って、集まってもらったのだ。それに、わしの方から、相談したいこともある」

源九郎が言うと、

「長屋で何かあったというわけではないが、女房連中に、路地木戸の近くに遊び人ふうの男がいると聞いてな。念のため、木戸の所に行ってみたのだ」

菅井が言い、三太郎に目をやった。

「あっしも、女房連中から、木戸の近くで長屋を見張っているふたりの男がいると聞いて、行ってみたんでさァ」

三太郎が言った。

「それで、どうした」

源九郎が、話の先をうながした。

「ふたりの男は、路地から出てきた女房連中をつかまえて、話を訊いたようです。あっしが行ったときには、ふたりの男の姿はなかったんで……」

そう言って、三太郎はその場にいた男たちに目をむけた。

「そのふたり、女房連中から、どんなことを訊いたのだ」

源九郎が訊いた。

「おくらが、話してくれたんですがね。ふたりの男は、長屋に住んでる武士のことを訊いたそうです。おくらは、華町の旦那と菅井の旦那、それに安田の旦那のことを話したようです」

三太郎が言った。おくらは、乙吉《おときち》という日傭取りの女房である。

「それから、どうした」

さらに、源九郎が訊いた。

「ふたりの男は、いっとき路地木戸に目をむけていたが、何もせずに路地木戸から離れ、表通りを竪川の方にむかったようです」

そう言って、三太郎は座敷に集まっている男たちに目をやった。

「どうやら、重蔵の子分たちは、わしらのことを訊いたようだ」

源九郎が言うと、

「重蔵の子分たちは長屋を襲うつもりで、長屋に武士が何人いるか、探ったのかもしれねえ」

茂次が、身を乗り出して言った。

「おれも、そうみた」

菅井が言い添えた。

「長屋に乗り込んで、わしらを襲うつもりらしい」

源九郎は、厄介なことになった、と思った。自分たちだけならいいが、長屋を襲われると、女子供からも犠牲者が出る。

次に口を開く者がなく、座敷が重苦しい沈黙につつまれたとき、

「子分たちが乗り込んでくる前に、手を打っておこう」

源九郎が言った。

「どうする」

菅井が、源九郎に訊いた。

「まず、長屋の女子供から、犠牲者を出さないことだ」

源九郎はそう言って、頭に浮かんだ策を男たちに話した。

話を聞いた菅井が、

「その手で行こう！」

と、声を上げた。すると、その場にいた男たちからも賛同の声が上がった。

「みんなで、長屋をまわって話してこよう」

源九郎が言うと、男たちが立ち上がった。

四

源九郎たちが集まって、重蔵の子分たちに長屋を襲われたらどうするか、相談した三日後だった。

源九郎は遅い朝餉《あさげ》の後、顔を見せた菅井と茶を飲みながら座敷で話していた。

そのとき、戸口に走り寄る足音がし、腰高障子の向こうで、

「華町の旦那、いやすか!」

と、三太郎の昂った声がした。

「いるぞ!」

源九郎は、すぐに立ち上がった。そして、座敷の隅にあった刀を手にした。菅井も、持ってきた刀を引き寄せた。

腰高障子があき、三太郎が土間に飛び込んできた。

「どうした、三太郎!」

源九郎が訊いた。

「来やした! 重蔵の子分たちが」

三太郎が、声を上げた。

「手筈《てはず》どおりだ。三太郎、仲間たちの家をまわって、知らせてくれ」

源九郎はそう言って、大刀を腰に帯びた。

「承知しやした」

三太郎は、すぐに戸口から飛び出して行った。

源九郎と菅井も、戸口から外に出た。

長屋のあちこちから、女と子供の叫び声や、格子戸を開け閉めする音などが聞こえた。仕事に出た男たちは、長屋にいないはずだ。おそらく、女と子供、それに居職《いじょく》の男などが、自分の家から外に出て、長屋の棟の脇や裏手にまわろうとしているのだろう。

源九郎たちは、重蔵の子分たちが長屋を襲ったときに備え、子分たちが踏み込んできたらどうするか、長屋の住人に話してあったのだ。

「華町、平太だ！」

菅井が、井戸のある方を指差した。

平太が走ってくる。平太は、井戸端で見張っていたのだ。

平太は源九郎と菅井のそばに来ると、

「重蔵の子分たちが、こっちに来やす！」

そう声を上げ、井戸の方を指差した。

見ると、十数人の男たちが、小走りに近付いてくる。一団のなかに、牢人ふうの武士の姿もあった。

「あそこだ！」

「武士が、ふたりいるぞ！」

男たちのなかから、声が上がった。源九郎たちの姿を目にしたらしい。

「菅井、平太、この場で迎え撃つぞ！」

源九郎が声を上げ、腰高障子の前に立った。

菅井が源九郎の脇に立ち、平太は敵の攻撃から逃れるために、すこし身を引いている。

長屋に踏み込んできた男たちは、戸口に立っている源九郎たちに近付いてきた。それぞれ手に匕首《あいくち》や長脇差《ながわきざし》を持っている。

源九郎の前に、牢人体の武士が立った。武士の頬には、傷痕があった。小袖に袴姿で、大刀を一本落とし差しにしている。

……こやつだ！　人攫い一味のなかにいた武士は。

源九郎が、胸の内で声を上げた。おきくとおとせを攫った一味のなかにいた武士の頬に、傷痕があったと聞いていたのだ。

武士は戸口に近付いてくると、

「こやつは、おれが斬る！」

と、声高に言い、源九郎と対峙《たいじ》した。

　一方、菅井の前には、長脇差を手にした長身の男が立った。浅黒い顔をした遊び人ふうの男である。

　源九郎たち三人を前にして、武士と重蔵の子分と思われる男たちが、取り囲むように立った。総勢、十二人。思っていたより、大勢である。

「華町は、おれが斬る。手筈どおりここに三人ほど残して、他の者は長屋をまわって、すこし痛い目に遭《あ》わせてやれ」

　武士が男たちに声をかけた。

　すると、武士のそばにいた三人の男を残して、八人の男がその場を離れようとした。だが、動きかけた男たちの足がとまった。

　長屋の脇から、七、八人の男が姿を見せたのだ。そのなかに、三太郎の姿があった。男たちは、居職で長屋に残っていた者と年寄りである。

「長屋に残っていた男どもだ。蹴散らせ！」

　八人のなかの兄貴格の男が、叫んだ。

　その声で、八人の男は三太郎たちの方に歩きかけた。だが、兄貴格の男の前にいた子分のひとりが、

「後ろにもいる！」

と、叫んだ。

三太郎たちの背後に、大勢の人影があった。四、五人の年寄りの男と二十人ほどの女子供だった。いずれも、手に小石を持っていた。遠くから、石を投げるつもりなのだ。

「女と餓鬼《がき》どもだ。皆殺しにしろ！」

兄貴格の男が叫んだ。

その声で、ふたたび男たちが三太郎たちのいる方に近付こうとした。

だが、男たちの足はすぐに止まった。別の棟の陰から、さらに大勢の女子供、それに年寄りが姿を見せたのだ。

そのなかには、長屋のそれぞれの家にいた安田、孫六、茂次の三人の姿もあった。

三太郎たちの方に歩きかけた男たちは、安田たちの姿を見て身を引き、武士のそばまで来ると、

「田沢《たざわ》の旦那、長屋の連中が大勢いやがる」

兄貴格の男が、武士に声をかけた。武士の名は、田沢らしい。

「引くな！　ひとりでも斬れば、怖くなってみんな逃げ出す」

田沢が声をかけた。

「おれが、長屋のやつらを、斬り殺してやる！」

兄貴格の男が匕首を振り上げて、長屋の女子供と年寄りたちのいる場に、踏み込んだ。これを見たそばにいた子分たちも、兄貴格の男の後につづいた。

五

ワアアッ！

長屋の者たちのなかから、悲鳴が上がった。

つづいて、「殺される！」「逃げて！」などという女の声がし、集まっていた女子供が、逃げようとした。

「引くな！　石を投げろ」

三太郎が叫び、手にした石を近付いてくる男たちにむかって投げた。

これを見た近くにいた女子供も、足元にある小石を拾って投げた。だが、ほとんどの石は男たちの手前で落ちてしまった。

「皆殺しにしてやる！」

兄貴格の男が叫びざま、手にした匕首を振り上げて長屋の女と子供たちに迫った。

女と子供たちは、悲鳴を上げて身を引いた。逃げようとして、踵を返した者もいる。

そのときだった。

「石を投げろ!」

と、安田が叫んだ。

その声で、安田の近くにいた何人もの女子供が、足元近くにあった小石を拾い、近付いてくる男たちにむかって投げた。

小石が、雨霰《あめあられ》のように飛んだ。男たちは頭を両手で覆い、悲鳴を上げながら逃げた。なかには、慌ててつまずき、前のめりに倒れる者もいた。

「逃げるな! 相手は、女子供だ」

兄貴格の男が叫んだ。

その声で、足をとめる男もいたが、頭や肩に石礫《いしつぶて》が当たると、「殺される!」「助けてくれ!」などと叫び、逃げる男たちにつづいて走りだした。

男たちが逃げるのを見た田沢と兄貴格の男も、その場から身を引き、長屋の路地木戸の方に走った。

長屋を襲った男たちの姿が遠ざかると、長屋の住人たちから、「逃げたぞ！」「長屋から追い払った！」などという声が、聞こえた。子供たちのなかには喜んで手をたたいたり、その場で飛び跳ねたりする子もいた。

そのとき、源九郎のそばにいた菅井が、

「そこに、ひとり倒れている」

と言って、長屋の棟の脇に、俯《うつぶ》せに倒れている男を指差した。男は呻《うめ》き声を上げ、その場から這《は》って逃げようとしている。

「あいつから、話を聞いてみるか」

菅井が言った。

「そうしよう」

すぐに、源九郎と菅井が男に近付いた。

源九郎と菅井は、逃げ遅れた男を取り押さえ、長屋の源九郎の家に連れていった。孫六と安田も、源九郎たちの後についてきた。三太郎、茂次、平太の三人は、それぞれの家に帰った。家のことが、心配になったのだろう。

捕らえられた男は座敷に座らされ、青褪《あおざ》めた顔で身を顫《ふる》わせている。

「おまえの名は」

源九郎が男の前に立って訊いた。

男は戸惑うような顔をして黙っていたが、

「助八《すけはち》でさァ」

と、名乗った。

「助八、長屋を襲ったのは、どういうわけだ」

源九郎が訊いた。

助八はいっとき戸惑うような顔をして口を閉じていたが、

「親分の指図でさァ」

と、小声で言った。

「重蔵か」

「へい」

「何故《なにゆえ》、重蔵は長屋を襲う気になったのだ」

「旦那たちが、親分のまわりを嗅《か》ぎまわっているのを知って、始末するよう、話したんでさァ」

助八が首をすくめて言った。

「わしらが、嘉沢屋を探っていたのに気付いていたわけか」

源九郎が訊いた。

「子分のひとりが旦那たちの跡を尾けて、分かったんで」

「そうか。迂闊に嘉沢屋や重蔵の身辺は、嗅ぎまわれないな」

源九郎がそう言って、いっとき間をとってから、

「嘉沢屋の離れには、何人かの豆芸者がいないか」

と、声をあらためて訊いた。

「いやす」

「長屋から攫ったおきくとおとせも、離れにいるのか」

源九郎が、助八を見据えて訊いた。源九郎のもっとも知りたかったことである。その場にいた孫六と安田も、助八の次の言葉を待っている。

「あっしは、おきくとおとせという名かどうか知らねえが、長屋から攫った娘もいると聞いたことがありやす」

助八が、小声で言った。

「おせん、という娘は」

源九郎は、呉服を商っている富沢屋の娘のことも訊いた。

「名は聞いてねえが、豆芸者のなかに、呉服屋の娘がいると聞いた覚えはありやす」

助八が言った。

「どうやら、おせんもおきくたちと一緒のようだ」

そうつぶやいて、源九郎が口を閉じると、

「おれから、訊いてもいいか」

菅井が身を乗り出して言った。

「訊いてくれ」

源九郎は、助八の脇から身を引いた。

「今日、長屋を襲った男たちのなかに、田沢という武士がいたな」

菅井が、念を押すように訊いた。

「いやした」

「田沢は、いつも親分の重蔵のそばにいるのか」

「ふだんは、嘉沢屋の離れにいやす」

「重蔵の子分なのか」

「子分というより、客分のような扱いでさァ」

助八によると、嘉沢屋で酔った客が暴れだし、店の女中を殴って店から飛び出したことがあり、そこへたまたま通りかかった田沢が、峰打ちの一太刀で酔った客を仕留め、店の奉公人に引き渡したのだという。

「そのとき、重蔵親分は離れでなく表の店にいやしてね。田沢の旦那が、酔っ払いを峰討ちで仕留めたのを見てたんでさァ」

助八が言い添えた。

「それで、どうした」

菅井が話の先をうながした。

「親分は、田沢の旦那を気に入ったらしく、子分でなく、客分のような立場でそばにいてくれ、と頼んだようで」

「それで、田沢は重蔵のそばにいるようになったのか」

菅井が、納得したようにうなずいた。

次に話す者がなく、座敷が沈黙に包まれたとき、

「あっしの知ってることはみんな話しやした。親分とも縁を切って、浅草には近付かねえから、あっしを帰《けえ》してくだせえ」

助八が、座敷にいる源九郎たちに目をやって言った。

「帰してもいいが、嘉沢屋には近付けんぞ。おまえが、わしらに捕らえられたことは、ここに踏み込んできた男たちはみんな知っているからな。……このまま帰れば、重蔵や子分たちは、おまえが仲間たちのことを喋って、逃がしてもらったとみるだろうな」

源九郎が言った。

「あっしは、親分のところには帰《けえ》らねえ」

助八がはっきり言った。

「どこへ、帰るのだ。長屋にとどまることもできないぞ」

「深川《ふかがわ》に行きやす。深川の入船町《いりふねちょう》で伯父が大工の棟梁《とうりょう》をしてやすんで、弟子のひとりに加えてもらうつもりでさァ」

「深川なら、重蔵たちの目もとどかないな」

源九郎が言うと、その場にいた菅井たち三人がうなずいた。

六

助八が腰高障子をあけて出て行くと、

「さて、どうする」

源九郎が、座敷に残った菅井、安田、孫六の三人に目をやった。

「攫われたおきくたち三人を助け出すのが先だな」

菅井が言った。

次に口を開く者がなく、座敷が重苦しい沈黙に包まれたとき、

「ともかく、おきくたち三人が、嘉沢屋の離れにいるかどうか確かめよう」

源九郎が、沈黙を破るように語気を強くして言った。

「そうだな。……離れにいることがはっきりすれば、三人を助け出す手はある」

菅井が言うと、その場にいた三人がうなずいた。

源九郎たちは、これから浅草にむかうと遅くなるので、今日はゆっくりそれぞれの家で休み、明朝、長屋を出ることにした。

翌朝は、晴天だった。黄ばんだ戸口の腰高障子が朝日に照らされて輝いている。

昨夕、源九郎はめずらしく飯を炊いた。その残りの飯があったので、湯漬けにして食べた。

朝餉を食べ終えて一息ついたとき、戸口に近付いてくる足音がし、

「華町、起きてるか」

と、菅井の声がした。

「起きてるぞ。入ってくれ」

源九郎が声をかけると、腰高障子があいた。

姿を見せた菅井は、座敷に箱膳が置いてあるのを見て、

「華町、朝めしを食ったのか」

と、驚いたような顔をして訊いた。

「ああ、朝めしを食べ終えてな、茶にしようと思っていたところだ」

源九郎が言った。

「そろそろ、安田と孫六が来るころだぞ」

「そうだな」

源九郎は立ち上がり、箱膳の上の食器を流し場に運んだ。

そこへ、安田と孫六が姿を見せた。

「出掛けるか」

安田が源九郎と菅井に目をやって訊いた。

「出掛けよう」

源九郎は流し場から座敷にもどり、部屋の隅に置いてあった大小を腰に差し

た。

源九郎たち四人は長屋の路地木戸を後にし、竪川沿いの通りに入った。そして、大川にかかる両国橋を渡り、賑やかな両国広小路に出てから浅草橋を渡った。そこは奥州街道である。

さらに奥州街道を北にむかい、駒形堂の前に出てから浅草寺の門前通りに入った。門前通りは、相変わらず賑わっていた。浅草寺の参詣客や遊山客などが、行き交っている。

源九郎たちは門前通りを北にむかい、前方に嘉沢屋が見えてきたところで、路傍に足をとめた。嘉沢屋から離れたところで足をとめたのは、田沢や重蔵の子分たちのなかに源九郎たちのことを知っている者がいるからだ。

「嘉沢屋は、変わりないようだ」

孫六が言った。

嘉沢屋は店を開いていた。遠目にも、店の入口に暖簾が出ているのが分かる。

「離れは、どうかな」

源九郎は嘉沢屋の裏手に目をむけたが、その場からだと、わずかに離れの屋根が見えるだけだった。

「あっしが、離れを覗いてきやしょう」

そう言って、孫六が嘉沢屋の方に足をむけた時だった。

嘉沢屋の入口の戸があき、客らしい男と着物姿の女が出てきた。遠方ではっきりしないが、女は女将らしい。

男は女将と何やら言葉を交わしてから店先を離れた。男が通りに出て浅草寺の方に歩き出すと、女将は店にもどった。

「あっしが、あの客に訊いてきやす」

そう言い残し、孫六は小走りに男の後を追った。

孫六は男に追いつくと、肩を並べて何やら話しながら歩いていたが、いっときすると、足をとめた。

孫六は踵を返し、人通りのなかを小走りにもどってきた。

「どうだ、離れの様子が知れたか」

源九郎が訊いた。

「それが、あの客は、離れのことをあまり知らねえんでさァ。……ただ、ちかごろ、離れは客がすくなく、店を閉じているときもあるそうですぜ」

孫六が言った。

「芸者や豆芸者は」

すぐに、源九郎が訊いた。

「それが、はっきりしねえんでさァ。話を聞いた客は、離れに入ったことがないので、いまどうなってるか分からねえ、と言ってやした」

「そうか」

源九郎は、残念そうな顔をした。豆芸者として店に出ているらしいおきくたち三人の娘のことが知りたかったのだ。

「裏手に忍び込んで、見てきやしょうか」

孫六がその場を離れようとした。

そのとき、嘉沢屋に目をやっていた安田が、

「店の脇から、男が出てきたぞ」

と、身を乗り出して言った。

「子分のようだ。離れにいたに違いない」

源九郎が言った。

遊び人ふうの男は嘉沢屋の脇から門前通りに出ると、浅草寺の方に足をむけた。

「俺が、あの男に訊いてみる」

そう言って、安田がその場を離れた。

咄嗟に、源九郎は安田を引き止めようとしたが、安田が人通りのなかに入ってしまったので、思いとどまった。

安田は人通りのなかを縫うように歩き、遊び人ふうの男に近付いた。そして、その背後から、

「おい、嘉沢屋の者か」

と、歩きながら訊いた。

「旦那は、どこのお方で」

遊び人ふうの男が、不審そうな顔をして安田を見た。

「二度ほど、嘉沢屋で飲んだことがあるのだ。いま、おまえが、嘉沢屋の脇から出てくるのを見てな。離れの様子を訊こうと思って、声をかけたのだ」

安田は、咄嗟に思いついたことを口にした。

「何を訊きてえんです」

男の顔から、不審そうな色は消えなかった。

「離れには芸者や豆芸者がいて、楽しませてくれると聞いたのだが、芸者たちは

いるのか」

安田が声をひそめて訊いた。

「いまは、芸者も豆芸者もいませんや」

「なに、いないのか」

安田の声が大きくなった。

「へい、店にはいませんが、芸者を呼べば、同じように遊べますぜ」

そう言って、男はすこし足を速めた。

「おれは、豆芸者の方がいいのだ」

安田が声をひそめて言った。

「豆芸者が、いいんですかい」

男が薄笑いを浮かべて安田を見た。牢人体の武士が、豆芸者と戯《たわむ》れている卑猥《ひわい》な光景でも思い浮かべたのだろう。

「豆芸者は、どこに連れていったのだ」

安田は、おきくたちが連れていかれた先を知りたかった。

「あっしには、分からねえ」

男は素っ気なく言うと、足を速めた。見知らぬ武士が執拗《しつよう》に訊くので、ただの客ではないと思ったのかもしれない。

安田は足をとめて踵を返すと、足早に源九郎たちのいる場にもどった。

「おきくたちは、裏手の離れにいないようだ」

安田はそう言い、男から聞いたことを一通り話した。

「おきくたちは、どこへ連れていかれたのだ」

源九郎が、顔をしかめて言った。

七

「どうしやす」

孫六が、その場にいた男たちに目をやって訊いた。

「このまま長屋に帰るわけにはいかないな。何とか、おきくたちが、連れていかれた先を突き止めたい」

源九郎が言うと、その場にいた菅井と孫六がうなずいた。

「離れに踏み込んで重蔵か子分を捕まえて、おきくたちを何処へ連れていったか、訊きやすか」

孫六が意気込んで言った。

「それも手だが……。重蔵と子分たちがいるところに踏み込めば、大騒ぎになるぞ。下手をすれば、わしらが殺される」

源九郎は、おきくたちを助け出すどころか、返り討ちに遭うと思った。

次に口を開く者がなく、その場が重苦しい沈黙につつまれたとき、

「嘉沢屋の脇から、客らしい男が出てきやした！」

孫六が言って、指差した。

見ると、嘉沢屋の脇から商家の旦那ふうの男がふたり、出てきた。そして、何やら話しながら門前通りを浅草寺の方に歩いていく。

「今度は、あっしが訊いてきやす」

孫六がそう言い残し、小走りにふたりの男の後を追った。

ふたりの男は何やら話しながら歩いていたが、孫六が近付くと、足をとめて振り返った。孫六の足音を耳にしたらしい。

「てまえたちに、何か御用ですかな」

年配らしい男が訊いた。もうひとりは小柄な男で、孫六に警戒するような目をむけている。

「ちと、訊きてえことがあるんだが、歩きながらでいいぜ」

孫六が言うと、ふたりの男はゆっくりした歩調で歩きだした。

「ふたりが、嘉沢屋の脇から出てきたのを目にしてな。離れで、一杯飲んだ帰《けえ》りかい」

孫六が小声で訊いた。

「そうですが……」

年配の男が、すこし歩調を速めて言った。まだ、孫六を警戒しているらしい。

「あっしも、離れで一度遊んだことがあるのよ。そのとき、座敷についたふたりの豆芸者が可愛い娘《こ》でな、忘れられねえのよ。……できたら、離れで一杯やりてえと思ってるんだが、豆芸者はまだ離れにいるのかい」

孫六が、年配の男に身を寄せて訊いた。

年配の男は薄笑いを浮かべ、

「以前いた豆芸者は、いません。……離れに入って、店の者に芸者と豆芸者を呼んで欲しいと頼めば、呼んでもらえますよ」

そう言うと、足を速めた。

「離れにいた豆芸者は、何処にいったか知らねえかい」

孫六も、足を速めて訊いた。

「東仲町《ひがしなかちよう》にある料理屋と聞きましたが」

「店の名を知ってるかい」

孫六は執拗に訊いた。

「豊島屋と聞きましたよ」

そう言うと、男はさらに足を速めた。

孫六は足をとめ、ふたりの男が離れると、

「豊島屋か」

と、つぶやいた。

孫六は踵を返すと、小走りに源九郎たちのいる場にもどってきた。

「孫六、何か知れたか」

すぐに、源九郎が訊いた。

「おきくたちが、何処へ連れていかれたか分かりやした」

孫六が声高に言った。

「どこだ」

「豊島屋でさァ」

「豊島屋だと……」

源九郎が首を捻った。咄嗟に、豊島屋のことが思い浮かばなかったらしい。

「広小路沿いにある太田屋という料理屋の脇の道を入って、すぐの所にある料理屋でさァ」

孫六が言った。

「あの豊島屋か！」

源九郎は思い出した。

豆芸者のいる料理屋と聞いて、探りにいった店である。浅草寺の門前の広小路から近く、勝五郎という男が店の主人《あるじ》だった。

豊島屋の近くで聞き込みに当たったとき、豊島屋の主人の勝五郎は、嘉沢屋に出入りしていると聞いて、嘉沢屋を探るようになったのだ。

「豊島屋に行ってみやすか」

孫六が訊いた。

「そうだな。おきくたちが、豊島屋にいるかどうか、はっきりさせたいな」

源九郎は、とりあえず、豆芸者がいるかどうかだけでも知りたいと思った。

源九郎たちは浅草寺の門前通りを北にむかい、賑やかな広小路に出た。大勢の人が行き交う広小路を西に歩き、太田屋という料理屋の脇の道に入った。そして、一町ほど歩くと、通り沿いにある二階建ての店が目に入った。豊島屋である。

豊島屋は店を開いているらしく、店内から男の談笑の声や女の嬌声《きようせい》などが聞こえてきた。

源九郎たちは、豊島屋の近くまで行って足をとめた。

「どうしやす」

孫六が、男たちに目をやって訊いた。

「とにかく、おきくたちが豊島屋にいるかどうか知りたい」

源九郎は、おきくたちの名を聞き出すのは無理なので、まずは嘉沢屋から連れてこられた豆芸者がいるかどうか知りたいと思った。

「店に入るわけにはいかねえし、店から出てきた客に訊くしか手はありませんぜ」

孫六が、もっともらしく言った。

「やはり、客が店から出てくるのを待つしかないか。長丁場になりそうだ」

源九郎は、豊島屋からすこし離れた道沿いに蕎麦屋があるのを目にとめ、

「どうだ、蕎麦屋で腹拵《はらごしら》えでもするか」

と、男たちに目をやって言った。昼飯を食っていないので腹が減っていたし、蕎麦屋から、豊島屋の店先を見ることが出来そうだった。

「そうしやしょう」

孫六が声高に言い、源九郎たちは蕎麦屋に入った。

源九郎たちは蕎麦屋で腹拵えをして通りに出ると、改めて豊島屋に目をやった。陽が西の空にまわったせいもあってか、豊島屋は先程より賑わっていた。男の客が多くなったようだ。

「客が出て来るのを待って、訊いてみやすか」

孫六が言った。

「そうだな」

源九郎たちは、蕎麦屋の脇に身を隠した。そこで、話の聞けそうな男が、豊島屋から出て来るのを待つことにした。

源九郎たちがその場に身を隠して、半刻(一時間)ほど経ったろうか。豊島屋の格子戸が開いて、商家の旦那ふうの男がふたり、それに女将らしい年増が姿を見せた。

ふたりの男は商談も兼ねて、豊島屋を利用したのかもしれない。ふたりは、年増と何やら言葉を交わした後、店の入口から離れた。そして、浅草寺の門前の広小路の方へ歩いていく。

「わしが、訊いてみる」

そう言って、源九郎がその場を離れた。

源九郎はふたりの男に追いつき、

「ちと、訊きたいことがある」

と、小声で言った。

「何でしょうか」

五十がらみと思われる年配の男が答えた。顔に警戒の色がある。見ず知らずの武士に、突然声をかけられたからだろう。

「たいしたことではないのだ。歩きながらでいい」

源九郎はそう言った後、

「実は、豊島屋で一杯やってみようと思って来たのだが、初めての店なので、入りづらいのだ。ふたりが、店から出て来たのを見てな。店の様子を訊いてみようと思ったのだ」

と、照れたような顔をして言った。

「そうですか」

年配の男が、表情を和らげて言った。たいした話ではない、と思ったらしい。

「豊島屋では、芸者や豆芸者とも楽しめると聞いたのだがな」

源九郎が声をひそめて訊いた。

年配の男は驚いたような顔をして源九郎を見たが、すぐに口許に笑みを浮かべ、

「お好きなようですなァ。……てまえどもは、男ふたりで飲みましたが、頼めば芸者も豆芸者も呼べるようですよ」

そう言って、傍らにいた赤ら顔の男に目をやった。

「近ごろ、店内の座敷で、豆芸者らしい女が客を待っているのを見ましたよ」

赤ら顔の男が言った。

「店内の座敷というと、豆芸者は豊島屋に住んでいるのか！」

思わず、源九郎の声が大きくなった。

ふたりの男は、驚いたような顔をして源九郎を見た。源九郎が、急に声を大きくしたからだろう。

「いや、すまん。豊島屋が豆芸者をおいているとは思わなかったのだ。芸者や豆芸者は、置屋から呼んでいるものとばかり思っていたのでな」

源九郎は胸の内で、おきくたちは豊島屋にいると確信した。

「近ごろですよ。豊島屋で、豆芸者をおくようになったのは」

年配の男はそう言うと、赤ら顔の男に目をやって足を速めた。見ず知らずの男と話しすぎたと思ったようだ。

赤ら顔の男は、年配の男についていく。

源九郎は菅井たちのいる場にもどると、ふたりの男から訊いたことを話した。

「おきくたちは、豊島屋にいるとみていいな」

菅井が、豊島屋を見据えて言った。

「どうする、豊島屋に踏み込んで、おきくたちを助け出すか」

安田が、意気込んで言った。

「無理だ。豊島屋のなかには、勝五郎の子分たちが何人もいるだろう。それに、田沢もいるとみねばならない。勝手の知らない店のなかに踏み込んだら、おきくたちを助けるどころか、皆殺しにあうぞ」

源九郎はそう言った後、

「今日のところは、長屋に帰って、おきくたちを助け出す手を考えよう」

と、菅井、安田、孫六の三人に目をやって言った。

第四章　逆襲

一

「華町、出掛けるか」

菅井が、源九郎に声をかけた。

伝兵衛店の源九郎の家だった。源九郎、菅井、孫六、安田の四人で浅草に行き、豊島屋を探った翌朝である。

源九郎はいつもより早く起き、朝餉《あさげ》を食べ終えて茶を飲んでいた。今日も、源九郎たちは浅草に行き、豊島屋にいるおきくたちを助け出すつもりだった。

「孫六と安田も、来ることになっているのだ」

源九郎が言った。

「来るまで待つか」

菅井は、上がり框《がまち》に腰を下ろした。

待つまでもなく、戸口に近付いてくるふたりの足音が聞こえた。そして、腰高《こしだか》障子《しょうじ》があき、孫六と安田が顔を出した。

「華町の旦那、朝めしは」

孫六が訊いた。

「食べた。すぐ、出られる」

源九郎はそう言って立ち上がると、部屋の隅に立て掛けてあった刀を手にして、土間へ出てきた。

源九郎たち四人は伝兵衛店を出ると、浅草にむかった。このところ何度も行き来したので、浅草までの道筋は分かっていた。

源九郎たちは浅草寺の門前通りに出て嘉沢屋の近くまで行くと、路傍に足をとめた。

嘉沢屋は店を開いているらしく、暖簾《のれん》が出ていた。変わった様子はないので、離れにも客を入れるだろう。

「豊島屋に行きやすか」

孫六が言った。

「そうだな」

源九郎たちの目的は、攫《さら》われたおきくたちを助け出すことだった。そのためには、おきくたちのいる豊島屋へ行かねばならない。

源九郎たちは嘉沢屋から離れると、門前通りを浅草寺の方へむかった。そして、賑やかな広小路を西にむかって歩き、太田屋という料理屋の脇の道に入った。さらに一町ほど歩くと、前方に豊島屋が見えてきた。

豊島屋の入口に、暖簾が出ていた。店を開いているらしい。ただ、人声はあまりしなかった。まだ午前中なので、客はすくないのだろう。

「近付いて、様子を見てきやす」

そう言い残し、孫六は豊島屋にむかった。

孫六は通行人を装い、豊島屋の前まで行くと、草履《ぞうり》を直すふりをしてその場に屈《かが》み込んだ。そして、いっとき間を置いてから立ち上がり、店から遠ざかったところで足をとめ、源九郎たちのいる場にもどってきた。

「どうだ、店の様子は」

源九郎が訊いた。

「まだ、客はすくないようで」

孫六が言った。

「豆芸者らしい娘の声は聞こえたか」

「それが、聞こえたのは、男の声だけでさァ。娘もいるはずだが、声は聞こえなかったんで」

「そうか。まだ、客についた娘はいないのかもしれん」

「どうしやす」

「しばらく様子を見よう。そのうち、客も大勢入るだろうし、おきくたちの声も聞こえるはずだ」

源九郎が言うと、その場にいた男たちがうなずいた。

源九郎たちは人目につかないように、豊島屋の斜向《はす》かいにあった小料理屋の脇に身を隠した。

時とともに通りを行き来する人が多くなり、客らしい男が、ひとり、ふたりと豊島屋に入っていった。そして、店のなかから話し声や物音が聞こえるようになり、賑やかになってきた。だが、話の聞けそうな客や子分らしい男は、店から出てこなかった。

「あっしが店の戸口まで行って、中の様子を探ってきやす」

そう言って、孫六がその場を離れようとした。そのとき、店の入口の格子戸があき、遊び人ふうの男が一人、姿をあらわした。男は戸口で足をとめ、通りの左右に目をやってから、浅草寺の方にむかって歩きだした。

「あいつは、勝五郎の子分に違《ちげ》えねえ。あいつから、話を聞いてきやす」

孫六がそう言って、その場から離れようとすると、

「待て！　店の近くだと、豊島屋にいる者の目にとまる」

そう言って、源九郎が孫六をとめた。

「やつを見逃すんですかい」

孫六が不服そうな顔をした。

「いや、店から離れたところで取り押さえて、話を聞こう」

そう言って、源九郎がその場を離れた。

孫六、菅井、安田の三人が、後につづいた。源九郎たちが遊び人ふうの男の跡を尾《つ》け始めたときだった。豊島屋の格子戸があき、男がひとり姿を見せた。男は職人ふうの格好をしていたが、勝五郎の子分である。

男は、源九郎たちと、その前を行く遊び人ふうの男を目にとめた。

……あいつら、長助《ちょうすけ》の跡を尾けてるようだ。

と、胸の内で言い、源九郎たちの跡を尾け始めた。遊び人ふうの男は、長助という名らしい。

源九郎たちは前を行く男に気をとられていたこともあって、後ろからくる男に気付かなかった。

源九郎は前を行く男が豊島屋から離れると、足を速めた。そして、男との間をつめ始めた。

通りは、行き来する人が絶えなかった。そのせいで、源九郎が前を行く男に迫り、足音が聞こえるようになっても、男は不審を抱かなかった。

源九郎は男に迫ると、小走りになり、男の脇を擦り抜けて前に出た。

男が、驚いたような顔をして立ち止まった。そして、武士が自分に危害をくわえようとしていることに気付いたらしく、逃げようとして振り返った。だが、その場から動けなかった。背後から孫六たち三人が迫ってきたからだ。

源九郎は男の前に立つと、

「わしらと一緒に来い。逃げようとすれば、おまえの首を斬り落とす」

そう言い、刀の柄《つか》に右手を添えた。

男は目を剝《む》き、身を震わせてつっ立っている。

そこへ、孫六たち三人が近付き、男を取り囲むようにまわり込んだ。

源九郎たちは男から話を訊こうと思い、近くにあった下駄屋の脇の路地に男を連れ込んだ。そこは、小体《こてい》な店や仕舞屋《しもたや》などがごてごてと続く路地だった。

そのとき、路地の入口のところに、源九郎たちの跡を尾けてきた職人ふうの男が姿を見せた。男は源九郎たちが振り返っても気付かれないように、仕舞屋の陰に身を隠して、捕らえられた男と源九郎たちに目をやっている。

二

「名は」

源九郎が男に訊いた。

男は戸惑うような顔をして黙っていたが、

「長助でさァ」

と、小声で名乗った。

「長助、豊島屋に豆芸者がいるな」

源九郎は核心から訊いた。

長助はすぐに口を開かなかったが、

「いやす」

と、小声で言った。

「三人いるはずだ」

「豊島屋にいるのは、三人でさァ」

長助は隠さなかった。名乗ったことで、隠す気が薄れたのだろう。

「三人の豆芸者は、浅草寺の門前通りの嘉沢屋から連れてきたのではないか」

源九郎が、嘉沢屋の名を出して訊いた。

「そうでさァ」

長助が、驚いたような顔をして言った。見知らぬ武士が、豆芸者を嘉沢屋から豊島屋に連れてきたことまで知っていたからだろう。

「なぜ、豆芸者たちを嘉沢屋から連れてきたのだ」

源九郎が訊いた。

長助は困惑したような顔をして口をつぐんでいたが、

「嘉沢屋の旦那に、店を嗅ぎまわっている者がいるので、豆芸者たちを預かってくれ、と頼まれたようで」

と、小声で言った。

「豊島屋と嘉沢屋は、どういう関わりがあるのだ」

すぐに、源九郎が訊いた。

「豊島屋の旦那は、嘉沢屋の主人《あるじ》、重蔵親分の弟分でさァ」

長助が、声をひそめて言った。

「そういうことか」

源九郎は、おきくたちが嘉沢屋から豊島屋に連れてこられた理由が分かった。親分の重蔵が、おきくたちの居所を隠すために、別の店をひらいている弟分の勝五郎に預けたのだ。

源九郎は、そばにいた菅井たちに、

「何かあったら、訊いてくれ」

と、声をかけた。

「長助、田沢という武士を知っているか」

菅井が訊いた。

「知ってやす」

長助は、菅井に目をやって言った。

「いま、田沢は豊島屋にいるのか」

「いやす。……豆芸者たちと一緒に、嘉沢屋から来たんでさァ」

「おれたちが、いずれ豊島屋に目をむけるとみて、田沢も豆芸者たちと一緒に来たのだな」

菅井が、顔をしかめて言った。

つづいて、孫六が、

「あっしが、訊いてみやす」

と、身を乗り出して言った。

「訊いてくれ」

源九郎は、長助の脇から身を引いた。

「三人の豆芸者は、元気かい」

孫六が、長助のそばに立って訊いた。

「三人とも、まだ子供で店の者の言いなりに動いてまさァ」

「客の酌をさせられているのか」

孫六が眉《まゆ》を寄せて訊いた。

「芸者と一緒に客の座敷に出やすが、まだ、子供なので酌はさせても、男に弄《もてあそ》ばれるようなことはありませんや」

長助が眉を寄せて言った。長助の胸の内にも、六つ七つの娘に酔客《すいきゃく》の相手をさせるのは、可哀そうだ、という思いがあるのかもしれない。

「そうかい」

孫六の顔が、幾分和らいだ。まだ幼いおきくたちが、酔客に体を弄ばれるようなことはないと知ったからだろう。

孫六が身を引くと、それまで黙って聞いていた安田が、

「今、豊島屋には、田沢の他に、勝五郎の子分たちが何人いるのだ」

と、長助に訊いた。

「勝五郎親分の子分は、五人でさァ。子分と言っても、ふだん、店の板場にいたり、座敷の片付けなどを手伝ったりしてやす」

「嘉沢屋から来ている子分もいるのか」

「いやす。田沢の旦那の他に、五人来てやす。五人とも、重蔵親分の子分でさァ」

長助が言った。

「都合、子分だけで十人か。大勢だな。……それで、子分たちは、豊島屋のなか

にいるのだな」

「へい、板場や板場の脇にある空き部屋にいることが、多いようでさァ」

「そうか」

安田はそう言って、いっとき間を置いた後、

「ところで、勝五郎だが、子分を連れずに豊島屋から出ることはないのか」

と、訊いた。

安田は、勝五郎を討つなり、捕らえるなりする機会はないかと思ったようだ。

「ありやす」

すぐに、長助が言った。

「いつなのだ」

安田が、身を乗り出して訊いた。

「情婦《いろ》のところに行くときでさァ」

「勝五郎には、情婦がいるのか」

「いやす。お京《きよう》という年増《としま》で、小料理屋の女将をやってやす」

「その小料理屋は、どこにあるのだ」

「豊島屋の前の道を二町ほど歩くと、道沿いにありやす。美鈴《みすず》という店で、間口

は狭いが、二階建てでさァ」

「美鈴な」

安田はつぶやくと、長助のそばから身を引いた。

次に口を開く者がなく、その場が静まると、

「あっしは、どうなるんです」

長助が、困惑したような顔をして源九郎たちに目をやった。

「長助、豊島屋に帰り、おまえがわしらに喋《しゃべ》ったことが知れれば、生きてはいられないぞ」

源九郎が言った。

「……！」

長助の顔から、血の気が引いた。

「しばらく身を隠せる家があるか」

源九郎が訊くと、長助はいっとき黙っていたが、

「本郷《ほんごう》に帰《けえ》りやす」

と、肩を落として言った。

「本郷に、家があるのか」

「へい、親が石屋で、墓石を作ってやす。あっしは、冬も夏も外で石ばっかり叩いたり、削ったりしているのが嫌で、家を飛び出してきたんでさァ」

「石屋に、もどるわけだな」

源九郎が訊いた。

「あっしの行くところは、本郷しかねえようだ」

「本郷に帰って、一人前の石屋になるんだな」

源九郎が、長助を見つめて言った。

三

「どうだ、美鈴を見てくるか」

源九郎が、菅井たちに目をやって言った。

「どんな店か、見ておくか」

菅井が言うと、孫六と安田もその気になった。

源九郎たち四人は人目につかないように通行人を装い、すこし間をとって歩いた。豊島屋から二町ほど歩くと、道沿いに小料理屋らしい店があった。間口の狭い店だが、二階もある。一階が店で、二階には小料理屋の住人が寝起きする部屋があるようだ。

店の入口は、洒落《しやれ》た造りの格子戸になっていた。店の脇に、「御酒　美鈴」と書いた掛け看板が出ていた。

源九郎たちは美鈴の前を通り過ぎ、半町ほど歩いてから路傍に足をとめた。

「店は、ひらいているようだ」

源九郎が言った。

「客もいるようでしたぜ」

孫六が、店のなかから女の嬌声《きようせい》と男の声が聞こえたことを言い添えた。

「あの店に、勝五郎はひとりで来るのか」

源九郎が店を見ながらつぶやくと、

「情婦のところに来るのだ。子分たちを連れてくることはあるまい」

菅井が美鈴を見据えて言った。

「ひとりで姿を見せれば、勝五郎を討ち取れやす」

孫六が、菅井の脇から言い添えた。

「いつ、姿を見せるか分からんぞ」

源九郎が言った。勝五郎は用心して、しばらく美鈴に来ることは控えるのではないかと思った。

「せっかくここまで来たのだ。しばらく、様子を見てみるか」

菅井が言うと、その場にいた男たちがうなずいた。

源九郎は、四人で見張ることはない、と思い、二手に分かれることにした。先に、源九郎と孫六が見張り、菅井と安田は通り沿いにあった一膳めし屋で腹拵《はらごしら》えをしてくることになった。

源九郎と孫六は、美鈴の斜向かいにあった蕎麦屋の脇に身を隠した。そこから、美鈴を見張るのである。

「今日は、来そうもねえなァ」

孫六が、美鈴に目をやって言った。

源九郎は黙っていたが、孫六と同様、今日、勝五郎が来るとは思えなかった。勝五郎は源九郎たちが、近くで探っていることに気付いているだろう。そんなときに、ひとりで豊島屋を出て情婦の店に姿を見せるとは思えない。

源九郎と孫六が、美鈴を見張って半刻（一時間）ほど経ったとき、菅井と安田がもどってきた。

「勝五郎は、まだ姿を見せんな」

源九郎が言った。

「後は、おれたちが見張る。華町たちは、めしでも食ってきてくれ」

菅井がそう言って、一膳めし屋を指差した。

「わしらも、腹拵えをしてくる」

源九郎がそう言い、孫六とふたりで一膳めし屋に入った。

源九郎は酒を飲もうと思ったが、思いとどまった。勝五郎が姿を見せたとき、酔っていたら後れをとる。

源九郎と孫六は、飯だけ食って腹拵えをすると、菅井たちのいる蕎麦屋の脇にもどった。

「勝五郎は、姿を見せたか」

源九郎が訊いた。

「まったく、姿を見せん」

菅井が、うんざりした顔で言った。そばにいた安田も、白けた顔をしている。

「今日は、来そうもないな。……出直すか」

源九郎は一晩中見張っても、勝五郎は姿を見せないのではないかと思った。

「諦めて帰るか」

菅井が言うと、そばにいた安田と孫六がうなずいた。

源九郎たち四人は、賑やかな浅草寺門前の広小路に出てから、門前通りに入り、南にむかった。途中、嘉沢屋の近くまで来ると、路傍に足をとめて目をやった。嘉沢屋の店先に暖簾が出ていた。店から、嬌声や客と思われる男たちの談笑の声が聞こえてきた。嘉沢屋は普段とかわりなく、賑やかなようだ。

「離れにも、客がいるようだ」

源九郎が言った。嘉沢屋の脇から見える離れから、かすかに男たちの談笑の声が聞こえたのだ。

源九郎たちは、夜が更けてから伝兵衛店にたどり着いた。さすがに、誰も酒のことを口にしなかった。四人とも、一日中歩きまわって疲れていた。このまま家にもどって休みたいのだ。


翌朝、源九郎は陽がだいぶ高くなってから目を覚ました。五ツ（午前八時）を過ぎているのではあるまいか。

伝兵衛店は、ひっそりとしていた。男たちは仕事に出掛け、女子供は亭主を送り出した後、家のなかで一休みしているころである。

……腹が減ったが、水でも飲んで我慢するか。

源九郎が胸の内でつぶやき、流し場に行こうとしたとき、戸口に近寄る足音がした。菅井らしい。源九郎は足音で、菅井と分かるのだ。

足音は戸口でとまり、

「華町、いるか」

と、菅井の声がした。

「いるぞ。入ってくれ」

源九郎が声をかけると、すぐに腰高障子があいた。

菅井は、大きな皿を手にして土間に入ってきた。皿の上には、握りめしが五つ、六つのせてある。

「華町、握りめしだ」

菅井はそう言って、勝手に座敷に上がってきた。そして、座敷のなかほどに腰を下ろし、握りめしを盛った皿を膝先に置いた。

菅井は見掛けによらず、几帳面《きちようめん》な男だった。朝飯も、よほどのことがなければ、自分で炊くのだ。

「有り難い。めしにありつける」

源九郎は、目を細めて菅井の脇に腰を下ろした。

「華町、湯は沸いているか」

菅井が訊いた。

「いや、沸いてない。まだ、起きたばかりなのだ」

源九郎が、苦笑いを浮かべて言った。

「仕方ない、茶は我慢して、水でも飲むか」

「すぐ、持ってくる」

源九郎は流し場に行き、ふたつの湯飲みに水を入れて持ってきた。

源九郎は握りめしが盛ってある皿を前にして座ると、菅井のために持ってきた湯飲みを菅井の膝先に置いた後、

「いただくかな」

と言って、握りめしに手を伸ばした。

源九郎と菅井が握りめしを食べているとき、腰高障子があいて、孫六と安田、それに茂次が姿を見せた。

「茂次が、華町に言いたいことがあるそうだ」

安田が言った。

「俺も、連れてってくれ。分け前をもらい、何もしないで長屋に籠《こも》っているのは、気が引ける」

「何だ、茂次」

茂次が、戸惑うような顔をして言った。

「茂次、三太郎と平太も同じだがな、長屋に残る者がいなかったら、重蔵一家の者たちから、長屋を守れなくなる。それに、いまのところ、浅草に行くのは、四人でも多すぎるのだ。……人数が必要なら、茂次たちにも行ってもらうが、今は茂次たち三人は長屋に残ってくれ」

源九郎が言うと、

「おれたちも、浅草に行くのはそう長い間ではない」

安田が言い添えた。

「分かりやした。あっしらは、長屋に残りやす」

茂次が、納得したような顔をして言った。

四

その日、源九郎、菅井、孫六、安田の四人は、五ツ（午前八時）をだいぶ過ぎてから長屋を出た。

源九郎たちは奥州街道を北にむかい、浅草寺の門前通りに出た。相変わらず、通りは参詣《さんけい》客や遊山《ゆさん》客などで賑わっている。

源九郎たちは前方に嘉沢屋が見えてくると、路傍に足をとめた。

「店をひらいているようだ」

源九郎が言った。店の入口に、暖簾が出ているのが見えたのだ。

「離れはどうかな」

孫六が言い、嘉沢屋の方に歩きだした。

源九郎たち四人はすこし間をとって、浅草寺の方に歩いていく。

嘉沢屋の脇まで行くと、店の奥にある離れも見えた。まだ客は入っていないのか、ひっそりとしている。

源九郎は嘉沢屋の前を通り過ぎ、半町ほど歩いてから路傍に足をとめた。そして、菅井たち三人が近付くのを待って、

「豊島屋に行ってみよう」

と、声をかけた。

源九郎たちは賑やかな門前通りを北にむかい、浅草寺の門前の東西につづく広

小路に出た。そこも、参詣客や遊山客などが大勢行き交っていた。

源九郎たちは賑やかな広小路を歩き、見覚えのある料理屋の脇の道に入った。そして、一町ほど歩くと、前方に豊島屋が見えてきた。

源九郎たちは路傍に足をとめ、豊島屋に目をやった。豊島屋の店先に暖簾が出ていた。店を開いているらしい。

「あっしが、様子を見てきやす」

孫六が言い、ひとりで豊島屋に足をむけた。

孫六は豊島屋の前で歩調を緩めたが、足をとめずに通り過ぎた。そして、半町ほど歩いてから足をとめ、踵《きびす》を返して源九郎たちのいる場にもどってきた。

「どうだ、店の様子は」

源九郎が訊いた。

「店は、ひっそりしてやした。まだ、客は少ねえのかもしれねえ」

孫六が、豊島屋に目をやりながら言った。

「おきくたちは、店にいるのかな」

源九郎は、おきくたちが店にいるかどうか知りたかった。

「分からねえ。店から、娘の声は聞こえなかったな」

孫六が首を傾げた。

「客が出て来るのを待って、店のなかの様子を訊いてみるか」

源九郎が、男たちに目をやって言った。

源九郎たち四人は、豊島屋からすこし離れたところにある蕎麦屋の脇に身を寄せた。そこから、豊島屋を見張るのである。

源九郎たちが蕎麦屋の脇に身を隠して、小半刻（三十分）ほど経ったろうか。豊島屋の店先に目をやっていた菅井が、

「客がふたり、出てきたぞ」

と、身を乗り出すようにして言った。

「俺が、店のなかの様子を訊いてくる」

菅井のそばにいた安田が、通りへ出ようとした。だが、そのまま動かなかった。ふたりの客につづいて、勝五郎らしい男が店から出てきたのだ。浅黒い顔をした目のギョロリとした男である。三人の子分らしき男を連れている。

「情婦のいる小料理屋へ行くつもりかな」

安田が身を乗り出して言った。

「違うぞ。……広小路の方に足をむけた」

源九郎がそう言って、蕎麦屋の陰から通りに出ると、菅井、安田、孫六の三人がつづいた。

「勝五郎たちを押さえよう」

源九郎は、足早に勝五郎たちの後を追った。

「おれが、前にまわり込む」

安田が言って、走りだした。孫六が、安田の後を追う。

一方、源九郎と菅井は、勝五郎たちの背後に近付いていく。

安田と孫六は、道の脇を通って勝五郎たちを追い越した。そして、前に出ると、すこし引き離してから足をとめた。

勝五郎たちは前方に立った安田と孫六を見て、立ち止まった。ただの通行人ではない、と思ったようだ。

「あのふたり、親分を狙っているのかもしれねえ」

子分のひとりが言った。

「相手は、ふたりだ。始末しろ！」

勝五郎が、目を吊り上げて叫んだ。

そばにいた三人の子分は、懐《ふところ》から匕首《あいくち》を取り出したり、腰に差していた長脇《ながわき》差《ざし》を抜いたりして、安田と孫六に近付こうとした。

そのとき、子分のひとりが、

「後ろからも、来やがった！」

と、叫んだ。背後から近付いてくる源九郎と菅井の姿を目にしたようだ。

「挟み撃ちだ！」

別の子分が叫び、反転して身構えた。

そこへ、源九郎が抜刀して踏み込み、近付いてきた子分のひとりに峰打ちを浴びせた。一瞬の太刀《たち》捌《さば》きである。

源九郎の刀身が、子分の脇腹を強打した。

子分は手にした匕首を落とし、呻《うめ》き声を上げてよろめいた。そして、足がとまると、両手で脇腹を押さえて蹲《うずくま》った。

それで源九郎の動きは、とまらなかった。親分の脇にいた別の子分が、長脇差を源九郎にむけた一瞬をとらえ、刀身を袈裟《けさ》に払った。

刀身が、長脇差を握った子分の右の前腕をとらえた。

ギャッ！　と悲鳴を上げ、男は手にした長脇差を落とし、後ろによろめいた。腕の骨が折れたのかもしれない。

この間に、安田が子分のひとりを峰打ちで仕留めていた。

勝五郎は三人の子分が、いずれも峰打ちを浴びて仕留められたのを見て、豊島屋へ逃げ戻ろうとした。

「逃がさぬ！」

源九郎が、手にした刀を横に払った。素早い動きである。

峰打ちが、勝五郎の腹を強打した。

グワッ！　と、勝五郎が叫び声を上げた。右手によろめき、足がとまると、腹を両手で押さえて蹲った。勝五郎は、苦しげに顔をしかめている。肋骨が、折れたのかもしれない。

「勝五郎、訊きたいことがある」

源九郎が、勝五郎の前に立って言った。

勝五郎は、顔をしかめたまま源九郎を見上げたが、何も言わなかった。喘《あえ》ぎ声が、洩《も》れている。

源九郎は手にした刀の切っ先を勝五郎の喉元に突き付け、

「店には、豆芸者がいるな」

と、語気を強くして訊いた。何としても、おきくたちを助け出さねばならない、と思ったのだ。

「い、いねえ」

勝五郎が、顔をしかめて言った。

「まだ、七つほどの娘が、三人いるはずだ」

「店には、いねえ」

「わしらは、店に娘たちがいると知っての上で、豊島屋に来ているのだぞ」

「お、おめえたちが、娘たちを取り戻そうと、おれの店を探っているのも知っていた。そ、それで、娘たちを店から連れ出したのだ」

勝五郎が、声をつまらせながら言った。息が荒くなっている。

「なに、店から連れ出したと！」

源九郎の声が、大きくなった。

「そ、そうだ……」

勝五郎の体が、小刻みに震えだした。折れた肋骨が、臓腑《ぞうふ》に突き刺さったのかもしれない。

「どこへ連れていった！」

源九郎が、畳み掛けるように訊いた。勝五郎の命は長くない、とみたのだ。

「……」

勝五郎は、体を震わせて口をつぐんでいる。

「どこだ！」

源九郎が、怒鳴り声で訊いた。

「よ、嘉沢屋……」

勝五郎は、嘉沢屋の名を口にした後、喉を前に突き出すようにして、グッという呻き声を漏らした。

すると、急に勝五郎の体から力が抜け、グッタリとなった。息の音が聞こえない。

「死んだ……」

源九郎が、つぶやくような声で言った。

五

「どうやら、攫われた長屋の娘たちと富沢屋の娘は、嘉沢屋に連れ戻されたようだ」

源九郎が、その場にいた菅井たち三人に目をやって言った。

「嘉沢屋か」

菅井が肩を落として言った。何とか、おきくたちを助け出せると思ったが、豊島屋にはいない、と分かってがっかりしたのだろう。

「どうする」

菅井が、その場にいた男たちに目をやって訊いた。

「帰りに、嘉沢屋を探ってみやすか」

孫六が言った。

「そうだな。……何としても、おきくたちを助け出さねばならぬ」

源九郎が、いつになく表情を険しくして言った。源九郎は、まだ幼い娘たちを攫い、男の慰み者にして、金《かね》を手にしている重蔵たちが許せなかったのだ。

源九郎たちは、賑やかな広小路から浅草寺の門前通りに出て南に足をむけた。

そして、いっとき歩くと、前方に嘉沢屋が見えてきた。

源九郎たちが、嘉沢屋から半町ほど離れた路傍に足をとめると、

「嘉沢屋は、店を開いてるようですぜ」

孫六が言った。

「おきくたちが、豊島屋から連れてこられたとすれば、監禁されているのは、裏

手にある離れだな」

源九郎は、嘉沢屋の脇に目をやった。

「離れを探ってみるか」

菅井が言った。

「離れから出てきた客に訊けば、分かるはずだが」

源九郎は、下手に離れに忍び込んだりするより、客に訊いた方が早いと思った。それに、迂闊《うかつ》に離れに踏み込むと、返り討ちに遭うかもしれない。

だが、源九郎たちがその場に立って、半刻（一時間）ほども経ったが、離れの客らしい男は出てこなかった。

陽は西の家並の向こうに沈み、門前通りを行き交う人もまばらになってきた。

「今日はこのまま帰って、明日出直すか」

源九郎が、その場にいた男たちに声をかけた。

そのとき、嘉沢屋に目をやっていた菅井が、

「出てきたぞ！」

と、身を乗り出して言った。

見ると、嘉沢屋の脇から男がふたり姿を見せた。ふたりとも、商家の旦那ふう

だった。客らしい。ふたりは、離れで一杯やりながら商談でもしたのだろう。

「おれが、ふたりに訊いてくる」

菅井がそう言い、足早にふたりの男の後を追った。

菅井はふたりの男に追いつくと、何やら声をかけ、肩を並べて歩きだした。菅井はふたりと話しながら一町ほど歩いたろうか。

三人の男が源九郎たちから遠ざかったとき、菅井だけが足をとめた。ふたりの男は、そのまま浅草寺の方に歩いていく。

菅井は踵を返し、小走りに源九郎たちのいる場にもどってきた。

「おきくたちの様子が、知れたか」

すぐに、源九郎が訊いた。

「お、おきくたちかどうか、分からんが、嘉沢屋の離れで豆芸者らしい女の子を見掛けたそうだ」

菅井が、息を弾ませて言った。息が荒くなったのは、急いで帰ってきたせいだろう。

「その女の子は、おきくたちだろうが、決め付けるわけにはいかないな。それに、下手に踏み込むと、わしらが返り討ちに遭う」

源九郎が言った。

重蔵はおきくたちを豆芸者として客席に出すためだけに、豊島屋から連れてきたのではないだろう。人質として店に置き、源九郎たちが踏み込んできたら、おきくたちを盾にして、返り討ちにする気ではあるまいか。

「密《ひそ》かに離れに踏み込んで、おきくたちを助け出したいが……」

源九郎が、つぶやくような声で言った。

次に口をひらく者がなく、その場が重苦しい沈黙につつまれたとき、

「ともかく、子分をひとり捕らえ、おきくたちが離れにいるかどうか、はっきりさせよう」

菅井が言った。

「そうだな」

源九郎が、うなずいた。

源九郎たちは、同じ場所に長く立っていると、嘉沢屋の客や重蔵の子分たちの目にとまるので、場所を変えたり、歩きながら離れに目をやったりしていた。なかなか、子分らしい男は出てこない。

それから、半刻（一時間）ほど経ったろうか。通りは暗くなり、行き交う人の

姿もすくなくなった。通りのあちこちから、店の表戸を閉める音が聞こえてくる。

……今日は、諦めて帰るか。

源九郎が胸の内でつぶやいたとき、嘉沢屋の脇から商家の旦那ふうの男がふたり、通りに出てきた。

「離れの客ですぜ」

孫六が言った。

ふたりの男は通りに出ると、何やら話しながら浅草寺の方に歩きだした。

「あっしが、訊いてきやす」

孫六が言い、小走りにふたりの男の後を追った。

源九郎たちは、淡い夜陰《やいん》のなかを遠ざかっていく孫六とふたりの男の後ろ姿に目をやっていた。

孫六とふたりの男の姿が、薄闇のなかに紛れて霞《かす》んできたとき、孫六が足をとめた。

孫六は小走りにもどってきた。ふたりの男の姿が、夜陰のなかに消えていく。

「孫六、おきくたちのことが知れたか」

すぐに、源九郎が訊いた。

「それが、はっきりしねえんで」

孫六が、ふたりの男から聞いた話によると、離れには何人かの豆芸者がいたが、座敷に呼ばなかったので、豆芸者の名も歳格好も分からなかったという。もっとも、豆芸者が本名を名乗るようなことはないだろうから、名は当てにならない。

六

それから、半刻（一時間）ほど経ったろうか。辺りが暗くなり、門前通り沿いの店の多くが店仕舞いし、人影もあまり見られなくなった。店をあけているのは、料理屋、小料理屋、飲み屋などである。

「どうする、長屋に帰るか」

安田が、男たちに訊いた。

「どうだ、裏手に忍び込んでみるか」

菅井が目を光らせて言った。

「離れを探るのか」

源九郎が訊いた。

「そうだ。おきくたちがいるかどうか、分かるかもしれん。それに、おきくたちを助け出すために踏み込むとき、離れの様子を知っていれば、役にたつぞ」

菅井が言った。

「よし、そうしよう」

源九郎が言うと、その場にいた男たちがうなずいた。

源九郎が先にたった。孫六がつづき、菅井と安田は背後についた。四人は足音を忍ばせて、嘉沢屋の脇にまわった。

嘉沢屋から灯《ひ》が洩れ、廊下を歩くような音や話し声がかすかに聞こえたが、客はいないらしくひっそりとしている。

源九郎たちは、嘉沢屋の裏手にある離れに近付いた。離れも、二階建てだった。一階と二階の座敷から淡い灯が洩れている。

「まだ、起きてるようですぜ」

孫六が、声をひそめて言った。

離れから、かすかに人声が聞こえたのだ。男と女の声であることは分かったが、何を話しているかは聞き取れない。

源九郎たちは、足音を忍ばせて離れの戸口近くまで来た。格子戸が、閉まっている。

「客はいないようだ」

源九郎が、つぶやいた。

「店仕舞いしたらしい」

孫六が、離れの二階に目をやりながら小声で言った。二階の座敷にも微《かす》かに灯の色があったが、客がいるような気配はない。

源九郎たちは戸口近くの暗がりに身を隠して、離れに目をやった。

離れの奥から何人かの男と女の声が聞こえたが、客ではないと分かっただけで、話の内容までは聞き取れない。

「どうする」

菅井が訊いた。

「なかに、おきくたちがいるかどうかだけでも、つかみたいのだが……」

源九郎が、その場にいる男たちだけに聞こえる声で言った。

「踏み込むか」

菅井が言った。

「駄目だ。離れに、子分たちが何人いるか分からない。下手に踏み込むと、返り討ちに遭うぞ」

「そうだな」

菅井も、このまま踏み込むのは危険だと思ったようだ。

それから、小半刻(三十分)ほど経ったろうか。源九郎たちが、表の通りへもどろうと思い始めたときだった。

離れのなかで、戸口に近付いてくる足音が聞こえた。

「誰か、出てくるぞ」

源九郎が、声を殺して言った。

離れの戸口の格子戸があいて、遊び人ふうの男がひとり出てきた。男は戸口を出たところで足をとめると、周囲に目をやった。付近に、誰もいないか確かめたようだ。

男は戸口から離れると、嘉沢屋の脇から表通りに足をむけた。酔っているのか、足元が少しふらついている。男は離れで仲間たちと、客が残した酒でも飲んだのではあるまいか。

「どうしやす」

孫六が身を乗り出して訊いた。

「あの男を捕らえよう」

源九郎は、離れにいた男なら、おきくたちのことを知っているはずだと思った。

孫六と菅井が先にその場を離れ、男の後を追った。源九郎と安田は、孫六たちからすこし間をとって後につづいた。

前を行く男は表通りに出ると、浅草寺の方へ足をむけた。

孫六が声をひそめて言い、菅井とともに小走りになった。源九郎と安田は、孫六たちの後を追った。

「男の前に出やす」

孫六と菅井は男に近付くと、通りの脇を走って男の前にまわり込んだ。そして、行く手を塞《ふさ》ぐように、道のなかほどに立った。

男は菅井と孫六が行く手に立ち塞がったのを見て、戸惑うような顔をしたが、すぐに反転した。菅井たちから、逃げようとしたらしい。だが、男はその場から動かなかった。目の前に、源九郎と安田が立っていたからだ。

男は懐に右手をつっ込み、

「お、おれに、何か用があるのか！」

と、声を震わせて訊いた。

「用がある。わしらと一緒に来てもらおう」

源九郎はそう言うと、刀を抜いて刀身を峰に返した。男を峰打ちに仕留めるつもりだった。

逃げ場を失った男は、懐から匕首を取り出すと、

「そこをどけ！」

と叫び、手にした匕首を前に突き出して、源九郎にむかって踏み込んできた。

源九郎は右に体《たい》を寄せざま、刀身を横に払った。一瞬の太刀捌きである。

男の匕首は、源九郎の左袖をかすめて空《くう》を切り、源九郎の峰打ちは男の腹を強打した。

男は匕首を取り落とし、苦しげな呻き声を上げて、その場に蹲った。そこへ、孫六と安田が近寄ってきた。

孫六が念のために持ってきた細引《ほそび》きで、男の両腕を後ろにとって縛った。番場町の親分と呼ばれる岡っ引きだったこともあり、こうしたことには慣れている。

「どうしやす」

孫六が、その場に集まった男たちに目をやって訊いた。

「今日は、もう遅い。この男は、長屋に連れていって話を訊こう」

源九郎が言うと、その場にいた孫六たちがうなずいた。

源九郎もそうだが、孫六たちも疲れていたのだ。

七

源九郎たちは明け方近くになって、伝兵衛店に帰りついた。

源九郎は長屋の家の戸口まで来ると、

「しばらく、この男は、おれの部屋に閉じ込めておく。菅井たちはゆっくり休んで、昼が過ぎてから来てくれ」

そう菅井たち三人に声をかけ、捕らえてきた男を連れて戸口から入った。一緒に来た菅井たちは、それぞれ長屋の自分の家に帰った。

翌日、源九郎は昼近くまで眠った。捕らえてきた男も、部屋の隅で横になっていた。手足を縛られていたので、身を起こすことはできないのだ。

「勝次《かつじ》、起きているか」

源九郎が、捕らえてきた男に声をかけた。明け方ちかくに長屋に帰って来てか

ら、男の名を訊いたのだ
「へ、へい……」

勝次は、小声で返事をした。疲れきった顔をしている。

「水でも飲むか」

源九郎は立ち上がり、流し場まで行った。そして、湯飲みに水を注いで自分で飲んだ後、別の湯飲みに水を入れて勝次のそばに持ってきた。

「湯が沸いていれば、茶を淹れることができるが、水で我慢してくれ」

源九郎はそう言って、勝次の脇に湯飲みを置くと、両腕を縛った縄を解いてやった。

「いただきやす」

勝次は湯飲みを手にすると、一気に水を飲み干した。よほど喉が渇いていたらしい。

「腹がすいているだろうが、我慢してくれ。おれも、めしを食ってないのだ」

源九郎は、菅井が握りめしを持ってきてくれるだろうと思っていた。昨夜菅井が、長屋にもどってから、華町たちの分も、飯を炊く、と口にしたからだ。

それからいっときすると、戸口に近寄ってくる足音がした。菅井らしい。飯を持ってきてくれたのだろう。

足音は戸口でとまり、すぐに腰高障子があいた。姿を見せたのは、菅井である。菅井は飯櫃《めしびつ》を持っていた。源九郎たちのために飯を持ってきてくれたようだ。

「華町、めしを持ってきたぞ」

菅井が、座敷にいる源九郎と勝次に目をやって言った。

「待ってたぞ。上がってくれ」

源九郎が声をかけた。

菅井は飯櫃をかかえて座敷のなかほどに座ると、飯櫃を膝先に置き、

「勝次も、ここに来い。朝めしだ」

と、勝次に声をかけた。飯櫃のなかには、幾つもの握りめしが入っていた。

「さァ、食ってくれ」

菅井が、源九郎と勝次に声をかけた。

ふたりは飯櫃のそばに来ると、握りめしを手にし、むさぼるように食った。源九郎も腹が減っていたのだ。

源九郎と勝次は、しばらく無言で握りめしを食べていたが、

「腹が、いっぱいになった」

と、源九郎が言い、飯櫃から身を引いた。

勝次も、「ごっそうに、なりやした」と小声で言い、菅井に頭を下げた。握りめしをもらったせいか、殊勝《しゅしょう》な態度である。

源九郎と勝次が握りめしを食べ終え、一息ついたとき、戸口に近寄ってくるふたりの足音がし、

「華町の旦那、いやすか」

と、孫六の声がした。

「いるぞ。入ってくれ」

源九郎が声をかけると、腰高障子が開いた。

姿を見せたのは、孫六と安田だった。ふたりは土間へ入って来ると、

「朝めしは食べたのか」

安田が訊いた。

「食べ終えた。上がってくれ」

源九郎が、ふたりに声をかけた。

孫六と安田は、源九郎の脇に腰を下ろすと、あらためてその場にいる勝次に目

をやった。

「まだ、勝次から話を聞いてないのだ。安田と孫六が、来てからと思ってな」

源九郎はそう言ってから、

「勝次、嘉沢屋の離れに豆芸者がいるな」

と、勝次を見据えて、核心から訊いた。

勝次はいっとき戸惑うような顔をして口をつぐんでいたが、

「いやす」

と、小声で言った。

「何人いる」

「三人でさァ」

「この長屋から連れていったおきくとおとせ、それに、おせんという呉服屋の娘ではないか」

源九郎が、三人の名を出して訊いた。

「三人の娘の名は知らねえが、ふたりは長屋から連れてきたと聞いたことがありやす」

勝次が言った。

「呉服屋の娘のことは」

「聞いた覚えがありやす。ひとりは、呉服屋の娘らしい、と仲間が口にしたんでさァ」

「やはり、おきくたち三人は、離れにいるようだ」

源九郎が言うと、その場にいた菅井たちがうなずいた。

源九郎はいっとき、虚空に目をやって口をつぐんでいたが、

「何かあったら、訊いてくれ」

と、菅井たちに目をやって言った。

「田沢はどこにいる」

菅井が訊いた。

「田沢の旦那は、離れにいやす」

「やはりそうか。……離れには、子分たちが大勢いるのか」

「田沢の旦那の他に、四、五人いやす」

「いつも、離れにいるのか」

「ちかごろは、離れにいるときが多いようでさァ」

「そうか」

菅井はいっとき間を置いた後、

「ところで、三人の娘は、ふだん離れのどこにいるのだ」

と、声をあらためて訊いた。

「一階の奥の座敷にいやす」

「親分の重蔵は？」

「二階の突き当たりの部屋にいやす。……女将も一緒でさァ」

勝次によると、女将のおしまは、普段嘉沢屋にいるが、寝泊まりするのは離れにある重蔵の部屋だという。

「いずれにしろ、離れに踏み込んで、おきくたち三人を助け出すのが先だな」

黙って聞いていた源九郎が、低い声で言った。いつになく、源九郎の双眸《そうぼう》が鋭いひかりを宿している。

第五章　救出

一

戸口の腰高障子の向こうは、暗かった。まだ、六ツ（午前六時）前であろう。源九郎、菅井、安田、孫六の四人、それに昨日話を聞いた勝次も一緒に、長屋を出た。

勝次から話を聞いた翌日だった。おきくたちを助け出すために、午前中の早いうちに浅草まで行きたかったのだ。

勝次を連れてきたのは、嘉沢屋や裏手の離れのことで訊《き》きたいことがあったとき、その場で訊くためである。

それに、勝次は源九郎たちに朝飯を食べさせてもらい、嘉沢屋のことや親分の重蔵のことなどを喋ったので、重蔵の許には帰らず、源九郎たちに味方をする気になったらしい。ただ、仲間だった子分たちの手前、源九郎たちと一緒に嘉沢屋や離れに踏み込むようなことはしないだろう。

源九郎たちは暗いうちに起き、昨夜の内に仕度しておいた握りめしを食って腹拵えもしていた。

長屋のあちこちから亭主や女房の声、それに赤子の泣き声などが聞こえてきた。長屋の朝は早く、朝飯前の騒がしい時である。

源九郎たちはこれから浅草に行き、嘉沢屋の裏手にある離れに踏み込むつもりだった。午前中の早いうちなら嘉沢屋も離れも客の姿はなく、店に踏み込んで、おきくたちを助け出すことができるとみたのだ。

源九郎たちは竪川沿いの通りから大川にかかる両国橋を渡り、奥州街道に出て北に足をむけた。このところ、何度も行き来した道筋である。

そして、駒形堂の前から浅草寺の門前通りに入った。日中は賑わっている門前通りも、午前中の早い時ということもあって、人通りはすくなかった。通り沿いには商いを始めた店もあったが、まだ表戸を閉じたままの店も見られた。

源九郎たちは、通り沿いにある嘉沢屋の近くまで行って路傍に足をとめた。

「まだ、店を開いてないようだ」

菅井が言った。

嘉沢屋の戸口に、暖簾《のれん》が出ていなかった。店内もひっそりとしている。

「あっしが、様子を見てきやす」

孫六がそう言って、その場を離れようとすると、

「おれも行く」

と、菅井が言って、孫六と一緒に嘉沢屋にむかった。

菅井と孫六は通行人を装い、嘉沢屋の前まで行って足をとめた。ふたりは嘉沢屋だけでなく、店の脇から裏手の離れも覗《のぞ》いている。

ふたりは、いっとき嘉沢屋と離れを探っていたが、その場を離れ、足早に源九郎たちのいる場にもどってきた。

「どうだ、店の様子は」

源九郎が訊いた。

「嘉沢屋から話し声や物音が聞こえたが、離れは静かだったな」

菅井によると、嘉沢屋の店内からは、男の話し声や廊下を歩くような足音が聞こえたという。

「離れは表の嘉沢屋より、動き出すのが遅いんでさァ」

源九郎のそばにいた勝次が、口を挟んだ。

「そうか。いずれにしろ、離れにおきくたちがいるかどうか、確かめてからだな」

源九郎のそばにいた菅井が言った。

「どうする」

源九郎が、その場の男たちに目をやって訊いた。

「そろそろ、離れの板場を手伝っている男が来るころですぜ」

勝次が言った。

「その男なら、離れの様子が分かるのか」

源九郎が訊いた。

「分かるはずでさァ」

「よし、その男を店に入る前につかまえて、話を訊こう」

源九郎はそう言った後、

「勝次、その男の名を知っているのか」

と、小声で訊いた。

「知ってやす。……名は峰吉《みねきち》で、浅草寺の方から来るはずでさァ」

勝次が、浅草寺の方に目をやりながら言った。

それからいっとき、源九郎たちが路傍で待つと、

「来やした！　あの男でさァ」

勝次が、通りの先を指差した。

見ると、小袖に角帯姿の男がひとり、足早に歩いてくる。

「峰吉を捕らえよう」

源九郎が、男たちに目をやって言った。

「挟み撃ちにするか。おれと孫六とで、峰吉の背後にまわり込む。華町と安田は、前から来てくれ」

菅井が言い、孫六とふたりでその場を離れた。

源九郎は菅井たちが、峰吉の背後にまわり込んだのを見てから、ゆっくりとした足取りで歩きだした。

峰吉は源九郎たちの姿を目にしたはずだが、ただの通行人と思ったのか、歩調も変えずに歩いてくる。

一方、背後にまわった菅井と孫六は、峰吉に迫ってきた。

源九郎たちが、峰吉の近くまで来たときだった。ふいに、峰吉が足をとめて、背後を振り返った。背後に迫ってくる菅井と孫六の足音を耳にしたらしい。

これを見た源九郎は、小走りになった。安田がついてくる。

峰吉は前後に目をやり、その場から逃げ出そうとしたが、足をとめたまま動かなかった。前後から四人の男が迫り、逃げようにも逃げ場がないのだ。

峰吉の背後に迫った菅井が、腰の刀を抜き、

「動けば、斬る！」

と言って、切っ先を峰吉の背にむけた。

「た、助けて……」

峰吉が、声を震わせて言った。

「俺たちと一緒に来い。……なに、逃げようとしなければ、手荒なことはせぬ」

菅井がそう言い、源九郎たちとともに、峰吉を通り沿いにあった蕎麦屋の脇の細い道に連れていった。

そして、表戸を閉めたままの仕舞屋の前で足をとめた。この場なら、峰吉から話を訊いても、騒ぎ立てる者はいないとみたのである。

二

「峰吉か」

源九郎が穏やかな声で訊いた。峰吉に話をさせるために、初めから威圧的な態度をとらなかったのだ。

「そうでさァ」

峰吉は、すぐに答えた。もっとも、名を隠す気がなかったのかもしれない。

「訊きたいことがあるのだがな」

源九郎が言った。

「何です」

「嘉沢屋の裏手にある離れにも、客を入れるのだな」

源九郎は、差し障りのないことを訊いた。峰吉に、喋らせるためである。

「入れやす」

峰吉は隠さなかった。

「離れにも、遊女や女芸者を呼べるのか」

女芸者も遊女と変わりないが、源九郎はそう訊いたのである。

「呼べやす」

「豆芸者も呼べるか」

源九郎が畳み掛けるように訊いた。

峰吉は戸惑うような顔をして口を噤《つぐ》んだが、

「豆芸者も、呼べやす」

と、小声で言った。

「離れには豆芸者がいると聞いたのだが、客が望めば、相手をさせるのか」

源九郎が、峰吉を見据えて訊いた。

「相手をさせると言っても、まだ何もできない餓鬼でしてね。芸者について、座敷の酒の席で手伝いをするだけでさァ。……もうすこし経てば、床で客の相手をすることになるかもしれねえ」

峰吉は、隠さず話した。

「そうか」

源九郎は、ほっとした。攫《さら》われたおきくたちは、まだ男の慰み物にはなっていないらしい。だが、それも長い間ではないようだ。しばらくすれば、おきくたちも客に弄《もてあそ》ばれることになるだろう。

「それで、豆芸者たちは、ふだん離れのどこにいるのだ」

源九郎は、おきくたちを助け出すためにも、居場所が知りたかった。

「一階の奥の座敷でさァ」

峰吉によると、一階の奥は板場になっているが、その手前の部屋で、豆芸者たちは寝起きしているという。

「一階の奥の座敷だな」

そう念を押して、源九郎が口を閉じると、

「俺から、訊いてもいいか」

安田が、身を乗り出して言った。

「訊いてくれ」

源九郎は、峰吉から身を引いた。

「重蔵だがな、ふだん、どこにいるのだ」

安田が、訊いた。

「親分は、離れにいやす」

「離れのどこだ」

「二階の突き当たりに、親分の部屋がありやす」

峰吉によると、重蔵は警戒して子分たちも二階の奥の座敷には、あまり近付けないという。

「重蔵は、その部屋に一人で寝泊まりしているのか」

さらに、安田が訊いた。

「ひとりじゃァねえ。女将《おかみ》さんと一緒でさァ」

峰吉の口許に、薄笑いが浮いた。峰吉は、重蔵と女将の寝間のことでも想像したのだろう。

「女将さんというと、嘉沢屋の女将か」

「おしまさんという名でさァ。ふだんは、嘉沢屋にいやすが、夜遅くなると、離れに来やしてね。昼近くまで、いるんでさァ」

「そういうことか」

安田はいっとき間をとった後、

「ところで、田沢は離れにいるのか」

と、峰吉を見つめて訊いた。

その場にいた源九郎たちも、峰吉の次の言葉を待っている。

「いやす。田沢の旦那は、親分の用心棒でしてね。親分のそばにいるときが、多

「隠さず話しやした。あっしを帰《けえ》してくだせえ」

安田が口をつぐんで身を引くと、

「あっしの知っていることは、隠さず話しやした。あっしを帰《けえ》してくだせえ」


峰吉が、首をすくめて言った。

「ここで、帰すわけにはいかない」

源九郎が、語気を強くして言った。

「あっしは、どうなるんです」

峰吉が、その場にいた源九郎たちに目をやって訊いた。

「隠さず話したようだから、殺しはしない。始末がつけば、逃がしてやる。それまで、ここにいる勝次と一緒にいるんだな。逃げようとしたり、大声を出して重蔵の子分たちに知らせようとしたりすれば、その場で斬る。……もっとも、重蔵たちの許には、戻れないだろうがな。おれたちに、離れのことを話したのだ。それが重蔵たちに知れれば、その場で始末されるからな」

源九郎が言った。

「に、逃げたりしねえ」

峰吉が、声をつまらせて言った。

三

「離れに踏み込むか」

源九郎が、その場の菅井たちに目をやって訊いた。

「踏み込もう」

菅井の双眸《そうぼう》が、鋭いひかりを宿している。

源九郎と菅井が、先にたった。すぐ後ろに勝次がつき、すこし間を置いて峰吉、その後に孫六と安田がつづいた
源九郎たちは嘉沢屋の店先まで来ると、足をとめた。まだ店先に暖簾は出ていなかった。それでも、店のなかから廊下を歩くような音と障子を開け閉めするような音が聞こえた。嘉沢屋で働く女中や板前などが、仕事を始めたのかもしれない。

源九郎たちは足音を忍ばせ、嘉沢屋の脇を通って、裏手にむかった。そして、離れの近くまで来ると、足をとめて辺りの様子をうかがった。

離れは、二階建ての大きな店だった。建物の前には、庭があった。庭といって

も、狭い場所だった。戸口からすこし離れた場に、松と紅葉、それにつつじが、植えられているだけである。

源九郎たちは、丸く刈られたつつじの樹陰に身を隠した。そこで、離れの様子を探ろうと思ったのである。

離れには、まだ客が入っていないらしく静かだったが、男の話し声や床を踏む音などが聞こえてきた。やくざ者らしい物言いから、重蔵の子分らしいことが知れた。

「子分たちは、離れのどこにいるのだ」

源九郎が、声をひそめて峰吉に訊いた。

「ふだんは、一階の豆芸者たちが寝起きしている部屋の近くにいやす」

「おきくたちを助け出すには、子分たちのいる部屋の前を通らなければ、ならないのか」

源九郎が訊くと、峰吉がうなずいた。

「ともかく、今日はおきくたちを助け出すだけにし、重蔵や田沢には、手を出さずにおこう」

源九郎が言った。ただ、源九郎の胸の内には、重蔵や田沢に気付かれずに、おきくたちを助け出すのは、むずかしい、との思いがあった。それというのも、子分たちのいる部屋の前を通らねば、娘たちは助け出せず、子分たちとの戦いは避けられないからである。

「ところで、戸口の格子戸は開くのか」

源九郎が、峰吉に訊いた。

「いまなら、開きやす」

峰吉によると、遅くに出入りする客や子分たちがいるので、店の入口の格子戸は、いつでも開くようになっているという。

「よし、踏み込もう」

源九郎が、男たちに目をやって言った。

源九郎たちはつつじの植え込みの陰から出ると、足音を忍ばせて離れの戸口にむかった。

戸口の格子戸に身を寄せて聞き耳を立てると、離れの中から男の話し声が聞こえた。子分たちらしい。

「あけるぞ」

源九郎が声をひそめて言い、格子戸を引いた。

格子戸は難なくあいた。ただ、あける音は、離れの中にいる男たちの耳にとどいたはずだ。

源九郎たちは、戸口から土間に入った。勝次と峰吉だけは、戸口に残った。仲間だった男たちと闘いたくないのだろう。

土間の先が、狭い板間になっていた。板間の先には、障子が立ててあった。座敷になっているらしい。障子の向こうに、人のいる気配はなかった。誰もいないようだ。

板間の右手の先が、廊下になっていた。その廊下を裏手にむかえば、おきくたちのいる部屋があるはずだ。ただ、おきくたちを助け出すには、子分たちのいる部屋の前を通らねばならない。

「おい、子分たちが気付いたぞ」

菅井が言った。

廊下の先で、男たちの声が聞こえた。源九郎たちの足音や格子戸をあける音などが、子分たちに聞こえたらしい。

源九郎は、刀を抜いて右手に持った。安田も抜き身を手にしている。居合の遣い手である菅井は、抜刀しなかった。

「踏み込むぞ」

源九郎が言い、先に板間に上がった。

菅井と安田がつづき、その後ろに孫六がつづいた。勝次と峰吉は戸口に残ったままである。

源九郎たちは土間から板間に上がると、右手の廊下に踏み込んだ。

「いるぞ！　子分たちだ」

源九郎が言った。

廊下の先に、ふたりの男の姿があった。ふたりとも長脇差の抜き身を手にしている。ふたりがいる廊下に面した座敷には、まだ仲間がいるらしく、男の声が聞こえた。

「行くぞ」

源九郎は、抜き身を手にしたまま廊下を奥にむかった。後に菅井と安田がつづき、すこし遅れて孫六がつづいた。

廊下の先にいた子分のひとりが、

「来やがった！　何人もいるぞ」

と、叫んだ。

するると、ふたりの男の近くの障子が開き、新たにふたりの男が姿を見せた。そのふたりも、重蔵の子分らしい。ひとりは匕首《あいくち》、もうひとりは長脇差を持っていた。

男は四人になったが、廊下は狭く、ふたりが前に立ち、残りのふたりは後ろについた。それでも、手にした長脇差や匕首を自在に振り回すのは無理だろう。

先にたった源九郎は、廊下の真ん中を歩き、四人の男に近付いていった。

源九郎と前にいたふたりの男の間が三間《さんげん》ほどに狭まったとき、浅黒い顔をした男が、長脇差を振り上げて踏み込んできた。

かまわず、源九郎が切っ先を男にむけると、

「死ね！」

叫びざま、男は手にした長脇差を袈裟《けさ》に払った。

咄嗟《とっさ》に、源九郎はわずかに身を引き、男の右腕を狙って刀を振り下ろした。一瞬の太刀捌《たちさば》きである。

男の長脇差の切っ先は、源九郎にとどかずに空《くう》を切り、源九郎の刀の切っ先は、男の右の前腕をとらえた。

ギャッ！　と悲鳴を上げて、男は後じさった。男の長脇差を握った右の前腕が

垂れ下がっている。源九郎の一撃は、男の右の前腕の皮肉だけを残し、骨まで切断したらしい。

これを見た他の三人は恐怖に顔を引き攣《つ》らせ、慌てて後ろに逃げた。そして、源九郎から離れると、開いていた障子から座敷に逃げ込んだ。

「奥だ！」

源九郎が叫んだ。

廊下にいた源九郎たちは、重蔵の子分たちがいた部屋の前を通り過ぎ、次の部屋の障子をあけた。

四

座敷の隅に、三人の娘が蹲《うずくま》っていた。三人とも、小袖に帯だけだった。派手な花柄の帯を体の前で縛っている。

三人の娘は息を呑んで、座敷に入ってきた源九郎たちを見つめている。

「おきくとおとせか」

源九郎がふたりの名を口にした。長屋にいるとき、ふたりを目にしてはいたが、派手な髷《まげ》を結《ゆ》い、口紅と白粉《おしろい》で化粧した姿は、別人のように見えた。

「お、おきくです」

ひとりが、声をつまらせて言った。すると、脇にいたもうひとりが、

「おとせです」

と、名乗った。

「助けにきたぞ。長屋に、帰してやる」

源九郎はそう言った後、おきくとおとせの脇にいた娘に、

「富沢屋のおせんか」

と、顔をむけて訊いた。

「は、はい、おせんです」

おせんが、体を震わせて言った。源九郎たちのことを知らないので、不安そうな顔をしている。

「おせん、父親の政右衛門に頼まれてな。わしらが、助けにきたのだ。……安心しろ。富沢屋に連れて帰ってやる」

源九郎が言うと、

「あ、ありがとうございます」

おせんは、そう言った後、両手で顔を覆って泣き出した。

「さア、ここから出るぞ」

源九郎が、三人の娘に声をかけた。

そのときだった。廊下の外に、何人かの足音がし、「娘たちのいる部屋だ！」

「やつらは、娘たちを助けにきたようだ」などという男の声が聞こえた。隣の部屋だけでなく、別の部屋からも子分たちが駆け付けたらしい。どうやら、重蔵の子分たちが、集まってきたようだ。

「菅井、わしと一緒に、先にたってくれ」

源九郎が言った。

「承知した」

すぐに、菅井が源九郎の脇に立った。

源九郎が、障子を開け放った。そして、菅井とともに廊下に出た。

表の嘉沢屋からも集めたのか、廊下には、六、七人の子分がいた。いずれも血走った目をし、匕首や長脇差を手にしている。

「長屋のやつらだ！」

前にいた男が、声を上げた。源九郎たちを見たことがあるらしい。

「やっちまえ！」

別のひとりが、叫んだ。

だが、廊下は狭かった。前にいる源九郎と対峙《たいじ》して、手にした武器を満足に振るえるのは、ひとりである。

「華町、俺がやる」

菅井が、源九郎の前に出た。

菅井は居合の抜刀体勢をとると、前に立っていた兄貴分と思《おぼ》しき大柄な男と対峙し、いきなり踏み込んだ。

タアッ!

菅井が鋭い気合を発して、抜刀した。

シャッ、と抜刀の音がした次の瞬間、閃光《せんこう》が袈裟にはしった。

一瞬、男は身を引いたが、間に合わなかった。ザクリ、と男の肩から胸にかけて、小袖が裂けた。そして、露《あらわ》になった肩と胸から血が迸《ほとばし》り出た。

男は呻《うめ》き声を上げ、後ろによろめいたが、足がとまると、その場にへたり込んだ。男は逃げようともしなかった。上半身が、血で真っ赤に染まっている。

菅井はすぐに納刀し、

「次は、だれだ!」

ふたたび、居合の抜刀体勢をとって叫んだ。

廊下にいた子分たちは、驚愕と恐怖に目を剝《む》き、身を震わせて後じさった。そして、菅井との間があくと、反転して逃げ出した。

源九郎たちは、助け出した三人の娘を連れて廊下を引き返し、戸口から外へ出た。だが、戸口から離れることはできなかった。十人ほどの男たちが、戸口を取り囲むように立っていたのだ。

正面に、田沢と重蔵と思しき男の姿があった。ふたりは一階の騒ぎを聞き付け、戸口近くで、子分たちから源九郎たちのことを耳にしたのだろう。

「長屋の者たちか」

田沢が、源九郎たちを見据えて訊いた。

「そうだ。わしの名は、華町源九郎。今日こそ、おぬしの首をいただく」

源九郎はそう言って、田沢の前に立った。

「返り討ちにしてくれるわ」

田沢は、子分たちのいない左手にまわった。源九郎とふたりだけで、勝負するつもりらしい。

源九郎は、体を田沢にむけた。ふたりの間合は、およそ三間――。真剣勝負の立ち合いの間合としては遠い。

このとき、菅井が重蔵の前に回り込み、居合の抜刀体勢をとった。すると、重蔵のそばにいた子分のひとりが菅井の前に立ち塞がり、

「てめえの相手は、おれだ！」

と言って、手にした長脇差の切っ先を菅井にむけた。

これを見た数人の子分が、「おれたちが、相手だ！」「親分に手を出させるな！」などと叫び、菅井を取り囲むように立った。

すると、重蔵は菅井から身を引いて反転した。そして、嘉沢屋の脇にむかって走り出した。逃げたのである。

「菅井、子分たちは引き受けた」

安田が菅井の脇に立ち、刀の切っ先を子分たちにむけた。

「安田、任せたぞ！」

そう言って、菅井は逃げる重蔵を追った。

五

重蔵が逃げ出すすこし前——。

源九郎は、田沢と三間ほどの間合をとって対峙していた。源九郎は青眼に構え、剣先を田沢の目線につけていた。対する田沢は八相だった。刀身を垂直に立てた大きな構えである。

ふたりは、対峙したままなかなか動かなかった。全身に気勢を漲《みなぎ》らせ、斬撃の気配を見せて気魄《きはく》で攻め合っている。

……なかなかの遣い手だ！

と、源九郎は見た。

田沢の八相の構えには、隙がないだけではなかった。上から覆い被さってくるような威圧感がある。

対する田沢も、動かなかった。源九郎の隙のない構えと剣尖《けんせん》の威圧で、踏み込めないでいたのだ。

ふたりは、どれほど対峙していたのか。相手に気を集中させていたため、時間の経過の意識はなかった。

そのとき、源九郎は逃げる重蔵の姿を目の端でとらえた。源九郎は田沢から身を引き、重蔵に目をやった。重蔵は、嘉沢屋の脇から表通りの方へ逃げていく。その重蔵の後ろを、菅井が追っていた。

源九郎が田沢に目をやっていたとき、田沢が身を引き、源九郎との間合をとった。そして、反転して走り出した。逃げたのである。

「逃げるか！」

源九郎は声を上げ、田沢の後を追った。

田沢も重蔵と同じように、嘉沢屋の脇を通って逃げていく。

源九郎は田沢からすこし遅れて、浅草寺の門前通りへ出た。田沢は、浅草寺の方へ走っていく。

門前通りは、参詣客や遊山客が行き交っていた。すでに、陽は高くなり、通り沿いの店も開いている。

源九郎は田沢の後を一町ほど追ったが、諦めて足をとめた。田沢の姿が人通りのなかに紛れて、見えなくなったのだ。

源九郎が嘉沢屋の近くまで引き返すと、浅草寺とは反対方向から、菅井が足早に戻ってきた。菅井は渋い顔をしていた。重蔵に逃げられたらしい。

源九郎は嘉沢屋の脇に立って、菅井が戻るのを待ち、

「菅井、どうした？」

と、訊いた。

「逃げられたよ。……華町は？」

菅井が渋い顔をして訊いた。

「田沢にも、逃げられた。……後を追ったのだがな。追いつけなかった」

源九郎が言った。

「そうか。逃げ足の速いやつらだ」

「ともかく、離れにもどろう」

源九郎が言い、菅井とふたりで離れにもどった。

離れの戸口の前に、安田、孫六、勝次、峰吉、それに助け出したおきく、おとせ、おせんの三人の娘の姿があった。

安田は子分たちの何人かを討ち取ったのだろう。残った子分たちは、逃げたにちがいない。

源九郎が、田沢と重蔵に逃げられたことを安田たちに話し、

「わしらは、おきくたち三人を助けに来たのだから、よしとせねばなるまい」

と、言い添えた。

離れの戸口に残った者たちは何も言わなかったが、それぞれの顔には、ほっとした表情があった。

「ともかく、長屋に帰ろう」

源九郎が、その場にいた者たちに声をかけた。

源九郎たちは、助けだしたおきくとおとせ、それにおせんも連れて、伝兵衛店にむかった。

源九郎たちは、途中、蕎麦屋の勝栄に立ち寄った。すでに、昼を過ぎていたこともあって、源九郎たちは腹が減っていた。それに、栄造に、おきくたち三人を助け出したが、重蔵と田沢には逃げられたことを話しておこうと思ったのである。

勝栄の店先に、暖簾が出ていた。孫六が先にたって、店先まで行った。昼を過ぎていたが、客はふたりしかいなかった。そのふたりも蕎麦を食べ終え、店から出るところだった。

源九郎たちがおきくたち三人を連れて、ふたりの客と入れ替わるように店内に入ると、栄造が戸口近くで待っていた。栄造はふたりの客を送り出すため、戸口近くまで来ていたようだ。

源九郎たちは、空いている板敷の間に腰を下ろした。

「栄造、攫われた三人の娘を助け出したぞ」

源九郎がそう言って、おきくたち三人に手をむけた。

「三人とも無事で、よかった」

栄造がほっとした顔をして、三人の前に立つと、おきくたち三人は、恥ずかしそうな顔をして、栄造に頭を下げた。

「栄造、人数が多いが、蕎麦は出来るか」

源九郎が訊いた。

「できやす」

「ここにいる者たちに、蕎麦を頼みたいのだが」

源九郎が、男五人と、助け出した三人の娘に目をやって言った。源九郎も加えると、九人になる。

「手間がかかりやすが、待ってもらえやすか」

栄造が訊いた。

「待つよ。今日は、長屋に帰るだけだからな」

源九郎はそう言って、一緒にきた八人と板敷の間に腰を下ろした。

しばらくすると、栄造と女房のお勝のふたりで、蕎麦を運んできた。源九郎たちは、すぐに蕎麦を食べ始めた。助け出した娘たちが一緒なので、酒は頼まなかった。

源九郎たちは蕎麦を食べ終えると、茶を飲みながら一休みした後、栄造とお勝に見送られて勝栄を出た。

店を出たところで、これまで身を隠すようにして源九郎たちについてきた勝次と峰吉が足をとめ、

「あっしらは、これで帰《けえ》してもらいやす」

と、勝次が言った。ふたりは、源九郎たちと一緒に長屋に行くことはできなかったのだろう。

「そうか、帰ってもいいぞ」

源九郎が言った。ふたりが悪い仲間と一緒になって悪事を働くことはない、と源九郎はみたのだ。

源九郎たちは勝次たちと別れると、奥州街道を南にむかい、浅草御蔵の前を通り過ぎて茅町まで来た。そして、富沢屋の前まで行くと、三人の娘を連れて店内に入った。いっこくも早く、助け出したおせんを親許へ帰してやりたかったのだ。

店内に入ると、土間の先が広い呉服売り場になっていた。数人の客がいて、そ

れぞれの客に手代が反物《たんもの》を見せたり、話したりしていた。また、丁稚《でっち》は忙しそうに、手代と客のそばに反物や茶を運んだりしている。

源九郎たちが店内に入って行くと、売り場の奥の帳場にいた番頭が、源九郎たちの姿を目にして、慌てて立ち上がった。何人もの男たちが三人の娘を連れて店に入ってきたので、ただの客ではない、と思ったらしい。

六

番頭は上がり框《がまち》の近くまで来て源九郎たちのそばに座し、目の前に立っているおせんを見て、

「お嬢様！」

と、目を剝いて声を上げた。

「こ、この方たちに、助けてもらったのです」

おせんが、涙声で言った。

番頭は、その場にいた源九郎たちに顔を向け、

「ともかく、お上がりになってください。すぐに、旦那さまにお知らせします」

そう言って、源九郎たちを売り場に上げようとした。

「いや、今日は遠慮する」

源九郎はそう言った後、そばに立っているおきくとおとせに目をむけ、

「一緒にいるふたりの娘も、いっこくも早く、親許に帰してやりたいのでな」

そう言って、その場を離れようとした。

「では、旦那さまと、お会いになるだけでも」

番頭はそう言って腰を上げると、慌てた様子で、帳場の脇を通って奥にむかった。

源九郎たちがいっとき待つと、番頭が主人《あるじ》の政右衛門と年増《としま》を連れてもどってきた。年増は、おせんの母親のおしのかもしれない。

三人は源九郎たちに近付くと、

「おせん！」

年増が涙声で名を呼び、おせんが立っている上がり框のそばまで来ると、両手を前に出しておせんを抱きしめた。やはり、母親のおしのである。

すると、おせんは母親のおしのの肩先に顔を押しつけて泣き出した。娘と母親は、抱き合ったまま声を上げて泣いている。

近くにいた手代や客たちは驚いたような顔をして、おせんとおしのを見つめて

いる。

「み、みなさん、有り難うございました。どうか、お上がりになってください」

政右衛門が、泣くのを堪《こら》えて源九郎たちに言った。

「いや、わしらは、このまま長屋に帰る。おせんと同じように長屋の娘もふたり、攫われてな。……ここにいるふたりだが」

源九郎はそう言って、おきくとおとせに手をむけた後、

「長屋にいる親のところに、早く帰してやりたいのだ」

と、言い添えた。

「それなら、お引き止めいたしません。近くを通りかかったときにでも、店に立ち寄ってください」

政右衛門が言うと、おせんと母親のおしのが頷《うなず》いた。

源九郎たちは富沢屋を出ると、伝兵衛店に急いだ。攫われたおきくとおとせの親たちが、待っているはずである。

源九郎たちがおきくとおとせを連れて、伝兵衛店の路地木戸のところまで行くと、立ち話をしていたお熊とおらくという女房が、ふたりの娘を目にし、

「おきくちゃんと、おとせちゃんだよ！」

と、お熊が声を上げた。

そばにいたおらくも、驚いたような顔をして、ふたりの娘を見つめている。

「旦那たちが、おきくちゃんたちを助け出したんだね」

お熊が、身を乗り出して訊いた。

「みんなでな。長屋のみんなが、手を貸してくれたから、おきくとおとせを助け出すことができたのだ」

源九郎が言った。

「ふたりの親たちに、知らせてくるよ」

お熊が言い、おらくとふたりで、小走りに長屋にむかった。

お熊とおらくの姿が遠ざかると、

「とりあえず、わしの家に、ふたりを連れていくか」

源九郎が、その場にいた男たちに目をやって言った。

「そうだな。華町の家なら、お熊たちもすぐ気付くだろう」

脇から、菅井が言い添えた。

男たちは、おきくとおとせを連れて源九郎の家にむかった。途中、井戸端の近くまで行くと、長屋の子供たちが、四、五人遊んでいた。

子供たちは、源九郎たちが連れてきたおきくとおとせを目にすると、「おきくちゃんと、おとせちゃんだ！」「長屋に、帰ってきたぞ！」などと声を上げ、源九郎たちの後についてきた。

源九郎は、長屋の自分の家におきくとおとせを連れていくと、

「親たちが、迎えに来るまで、ここで待つのだ」

そう言って、おきくとおとせを座敷に上げた。

源九郎と一緒に入ってきた菅井、安田、孫六の三人も座敷に上がった。

「湯が沸いていれば、茶を淹れられるのだが……」

源九郎が、菅井たち三人に目をやって言った。

「水でも、もらうかな」

そう言って、安田が腰を上げた。菅井と孫六は、座敷から動かなかった。それほど、喉は渇いてないのだろう。

安田が流し場で水を飲み、源九郎たちのそばにもどって腰を下ろしたとき、戸口に近寄ってくる何人もの足音が聞こえた。長屋の女房連中や男たちの話し声も聞こえる。

足音は腰高障子の向こうでとまったが、話し声は聞こえた。おきくの父親の弥

助の声もした。

「華町の旦那、入るよ」

戸口で、お熊の声がした。

「入ってくれ」

源九郎が声をかけると、すぐに腰高障子があいた。

戸口には、長屋の女房連中や男たちが大勢集まっていたが、土間に入ってきたのは、おきくの両親、おとせの母親、それにお熊だった。お熊は、源九郎の家のすぐ斜向《はすむ》かいに住んでいることもあって、世話役のような顔をしている。

おきくとおとせは、親たちが入って来ると、立ち上がり、

「おっかさん！」

と、おきくが声を上げ、ふたりして土間へ下りた。

そして、ふたりはそれぞれの母親に抱き付き、胸に顔を押しつけるようにして、声を上げて泣き出した。母親も泣き出し、おきくの父親の弥助は、娘のそばに立って涙ぐんでいる。

源九郎たちは土間の近くで、おきくとおとせ、それに親たちに目をやっていた。

いっときして、おきくとおとせが泣きやみ、母親たちの胸から顔を離すと、おきくの父親の弥助が、

「娘たちがこうして無事に帰《けえ》ってきたのは、みんな華町さまたちの御蔭でさァ」

そう言って、源九郎たちに深々と頭を下げた。

すると、その場にいたおとせの母親のおしげが、

「は、華町さまたちには、何とお礼を言っていいか……。この御恩は、忘れませんー」

と、涙声で言った。

「いやいや、わしらより長屋にいるみんなが、ふたりが無事に帰ってこられるように色々やってくれたからだ」

源九郎が言うと、その場にいた菅井、安田、孫六の三人もうなずいた。

七

おきくとおとせが、それぞれの親たちに連れられて家に帰ると、入れ替わるように茂次、平太、三太郎の三人が、顔を見せた。

「茂次たちか、上がってくれ」

源九郎が三人に声をかけた。

茂次たちは、座敷に上がって腰を下ろした。

「これで、あっしらの仕事も終わりですかい」

茂次が、座敷にいる男たちに目をやって言った。

「いや、まだ、終わったわけではない。肝心の親分の重蔵と用心棒の田沢が残っているのだ。ふたりを始末しないうちは、わしらも枕を高くして寝られない」

源九郎が言った。

「華町の言うとおりだ。重蔵と田沢がこのままでは、いずれ立ち直って、また子分たちを集めて娘たちを攫うかもしれない」

菅井が言うと、

「重蔵と田沢の居所は、分かるんですかい」

茂次が身を乗り出して訊いた。

「それが、ふたりとも嘉沢屋の離れから姿を消してな。どこに身を隠したのか、分からないのだ」

「嘉沢屋は、残ってるんですかい」

三太郎が訊いた。

「嘉沢屋も離れも残っているが、そこに重蔵たちはいないはずだ。しばらく、店は閉じたままだろう」

源九郎が言うと、菅井と安田がうなずいた。

次に口をひらく者がなく、座敷が重苦しい沈黙につつまれたとき、

「浅草に行って、嘉沢屋の近くで聞き込んでみやすか。女将や女中なら、重蔵たちがどこに身を隠しているか、知っているかもしれねえ」

と、孫六が男たちに目をやって言った。

「そうだな。このまま長屋で燻《くすぶ》っているより、浅草に出掛けて探った方が早いし、気も晴れるな」

源九郎が言うと、

「今度は、あっしらも行きやす」

と、茂次が身を乗り出して言った。

源九郎たち七人はその場で話し、源九郎と菅井、それに孫六、茂次、三太郎の五人が浅草に行くことになった。念のため、安田と平太は長屋に残るのだ。

翌朝、源九郎たち五人は、朝のうちに伝兵衛店を出た。そして、浅草寺の門前通りまで行くと、前方に嘉沢屋が見えてきた。

源九郎たちは、路傍に足をとめて嘉沢屋に目をやった。

「店は閉めてあるらしいぞ」

菅井が言った。遠方ではっきりしないが、嘉沢屋の入口には暖簾が出ていないようだ。それに、店に出入りする客の姿もない。

「あっしが、見てきやす」

孫六が言い、茂次とふたりでその場を離れた。

ふたりは嘉沢屋の入口近くまで行って、店の様子を探っていたが、すぐに嘉沢屋の脇から裏手にむかった。離れも見に行ったらしい。

いっときすると、ふたりは嘉沢屋の脇から姿を見せ、源九郎たちのいる場にもどってきた。

「店は閉まっていやす」

すぐに、孫六が言った。

「離れは」

源九郎が訊いた。

「離れも閉まっていて、ひっそりしてやした」

孫六が言うと、茂次が、

「誰もいないようでしたぜ」

と、言い添えた。

「重蔵も田沢も、離れから姿を消したようだ」

源九郎が言った。

次に口をひらく者がなく、その場が重苦しい雰囲気に包まれると、

「重蔵と田沢は、ここを離れてどこかに身を潜めているはずだ。……近所で聞き込んでみるか。ふたりの行き先を知っている者がいるかもしれん」

と、菅井が言った。

「そうしやしょう」

すぐに、孫六が同意した。

その場にいた源九郎たち五人は、半刻（一時間）ほどしたら、この場に集まることにして別れた。

ひとりになった源九郎は、通り沿いの店に目をやりながら歩き、重蔵と女将のおしまのことを知る者はいないか探した。まず、重蔵と女将のことを訊いてみようと思ったのだ。

源九郎は、通りを歩きながら目に付いた老舗《しにせ》らしい店に立ち寄って話を訊い

た。三軒に立ち寄って奉公人や番頭などから訊いたが、重蔵と女将の行き先は分からなかった。

源九郎が菅井たちと別れた場にもどると、菅井、三太郎、孫六の三人はいたが、茂次の姿はなかった。

源九郎たちがいっとき待つと、茂次の姿が通りの先に見えた。茂次は源九郎たちを目にして、小走りにもどってきた。

源九郎は茂次がそばに来るのを待って、

「どうだ、何か知れたか」

と、男たちに目をやって訊いた。

菅井、三太郎、孫六の三人が、首を横に振った。三人とも、重蔵と女将、それに田沢の行き先は分からなかったという。

「おれも、重蔵と田沢の居所は、つかめなかった」

源九郎が言った。

すると、遅れてもどった茂次が、

「はっきりしねえが、女将と重蔵のことが知れやしたぜ」

と、身を乗り出すようにして言った。

「話してくれ」

源九郎は、茂次に体をむけた。

「あっしが聞いた酒屋の親爺の話だと、嘉沢屋の女将は、若い頃小料理屋をやっていたそうでさァ。そこに、女将だけでなく、重蔵もいるかもしれねえ、と親爺が言ってやした」

「その小料理屋は、どこにあるのだ」

源九郎が訊いた。

その場にいた男たちは、茂次に顔をむけて話を聞いている。

「駒形町《こまがたちょう》と、言ってやした」

茂次が言った。

「駒形町のどの辺りだ」

源九郎は、駒形町と分かっただけでは、探すのがむずかしいと思った。

「駒形堂の南で、大川端沿いにあるそうでさァ」

「小料理屋の店の名も知れたのか」

「小鈴《こすず》と言ってやした」

「洒落《しゃれ》た名だな」

源九郎は、それだけ分かれば、重蔵の居所はつかめると思った。

八

「これから、駒形町へ行くか」

源九郎が、男たちに目をやって言った。

源九郎たちのいる門前通りから駒形町は近かった。それに、長屋への帰りの途中に通る町でもある。

「行きやしょう」

孫六が言うと、その場の菅井たちがうなずいた。

源九郎たちは浅草寺の門前通りを南にむかい、駒形堂の前を通り過ぎた。そして、大川端沿いの道を南に少し歩いたところで、路傍に足をとめた。その辺りは、駒形町である。

「まず、小鈴を探さねばならないな」

源九郎が、男たちに目をやって言った。

「華町の旦那、小鈴は川沿いの道に面しているとのことでした。川沿いの道は、ここだけでさァ。このまま、少し歩いてみやすか」

茂次が言った。

「そうだな」

源九郎も、五人が別々になって探すことはないと思った。

源九郎たちは、川沿いの道に軒を並べている店や仕舞屋などに目をやりながら歩いた。

駒形堂からいっとき歩いたとき、前を歩いていた菅井が足をとめ、

「その桟橋に、船頭がいる。おれが訊いてくる」

と言って、桟橋につづく石段を下りた。

船宿のそばにあった桟橋に、三艘《そう》の猪牙舟《ちょきぶね》が舫《もや》ってあった。その舟のなかに、船頭らしい男がいた。男は船底に茣蓙《ござ》を敷いていた。客を乗せる準備をしているらしい。

菅井は桟橋に出て、舟にいる船頭に近付くと、

「ちと、訊きたいことがある」

と、声を大きくして言った。小声だと、大川の流れの音で掻き消されてしまうのだ。

「何です」

船頭が、菅井に顔だけ向けて訊いた。

「この辺りに、小鈴という小料理屋はないか」

「ありやすよ」

すぐに、船頭が言った。

「近くか」

「へい、ここからすぐでさァ」

船頭は体を起こし、船底に敷いた莫蓙の上に座った。

「教えてくれ。小鈴に用があって来たのだ」

「ここから、川下に二町ほど歩くと、道沿いにありやす。近くに、小料理屋らしい店は小鈴しかねえから、行けば分かりまさァ」

船頭が、大声で言った。

「邪魔したな」

菅井も大声で言って、その場を離れた。

菅井は源九郎たちのいる場にもどると、船頭から聞いたことを伝えた。

「ともかく、小鈴に行ってみよう」

源九郎が、男たちに目をやって言った。

菅井が先にたち、川下にむかった。

二町ほど歩くと、菅井が足をとめ、

「そこにある店が、小鈴らしい」

と、言って、道沿いにあった店を指差した。

入口が、小料理屋らしい格子戸になっていた。間口の狭い店だが、二階もあった。ただ、二階にも客を入れているとは思えなかった。おそらく、店の者が寝泊まりする部屋になっているのだろう。

戸口に、掛け看板が出ていた。「御料理　小鈴」と書いてある。

「重蔵はいるかな」

源九郎が、小鈴の戸口に目をやって言った。

「踏み込みやすか」

茂次が意気込んで言った。

「待て、重蔵がいなければ、後が面倒だ。重蔵は隠れ家を変えるだろうからな」

源九郎が、「しばらく、様子を見よう」と男たちに目をやって言った。

源九郎たちは、小鈴からすこし離れた川岸で枝葉を茂らせていた柳の樹陰にまわった。そこから、小鈴を見張るのである。

　源九郎たちがその場に身を隠して、小半刻（三十分）ほどしたとき、小鈴の格子戸が開いて、男がふたり出てきた。

「客のようだ」

　源九郎が言った。ふたりの男は、職人ふうだった。何やら話しながら、川下の方へ歩いていく。

「あっしが、店に重蔵がいるかどうか訊いてきやす」

　茂次が、すぐにその場を離れた。

　茂次はふたりの男に追いつくと、後ろから声をかけた。そして、ふたりと何やら話しながら歩いていたが、いっときすると、茂次だけが足をとめた。茂次は踵を返して、源九郎たちのいる場にもどってきた。

「重蔵のことで、何か知れたか」

　すぐに、源九郎が訊いた。

「重蔵は、店にいねえようだ。ふたりの話だと、重蔵は、半刻（一時間）ほど前に、店を出たままだそうで」

「しばらく待つか。重蔵があの店を塒《ねぐら》にしているのは、間違いないようだ」

　源九郎が言うと、その場にいた男たちがうなずいた。

源九郎たちは、川沿いに植えられた柳の樹陰に身を隠し、重蔵が帰ってくるのを待った。

それから、一刻（二時間）ちかく待ったが、重蔵は姿を見せなかった。陽は西の空にまわっている。

「帰《けえ》ってこねえなァ」

孫六が、生欠伸《なまあくび》を噛み殺して言った。

その場にいた他の男たちも、うんざりした顔をしている。樹陰に身を隠して立っているだけなので、飽きてしまったらしい。

「出直すか」

源九郎が、男たちに目をやって言った。

「そうしやしょう」

孫六が声高に言った。

他の男たちも、うなずいている。

源九郎たちは通りに出ると、川下に足をむけた。今日のところは、伝兵衛店に帰るのである。

第六章　一騎打ち

一

源九郎、菅井、孫六、茂次、三太郎の五人は、駒形町に来ていた。重蔵の隠れ家である小料理屋の小鈴を探った翌日だった。

五人は、大川の岸際に植えられた柳の樹陰に身を隠し、小鈴に目をやっていた。重蔵を捕らえるためである。

八ツ（午後二時）ごろだった。小鈴の店先には、暖簾《のれん》が出ていた。店は開いているらしい。

「重蔵は、店にいるかな」

源九郎が言った。源九郎たちはまだ来たばかりで、重蔵が店にいるかどうかもつかんでいなかった。

「あっしが、様子を見てきやす」

そう言って、孫六がその場を離れた。

孫六は通行人を装って小鈴の前まで行くと足をとめ、辺りの様子を窺《うかが》ってから、戸口に近寄った。店内の様子を探るつもりらしい。

孫六は戸口に身を寄せて店内の様子を探っていたが、いっときすると通り過ぎた。そして、すこし歩いてから踵《きびす》を返し、源九郎たちのいる場にもどってきた。

「どうだ、重蔵はいたか」

すぐに、源九郎が訊《き》いた。

「はっきりしねえが、いるようで」

孫六によると、重蔵の名を呼ぶ声は聞こえなかったが、店内から女の、おまえさん、と呼ぶ声が聞こえたという。

「重蔵は店にいるな」

源九郎が言った。

「踏み込むか」

菅井が身を乗り出した。

「下手に店に踏み込むと、逃げられるぞ。裏手にも出口があるだろうし、他にもあるかもしれん。店を取り囲むわけには、いかないからな」

源九郎が言った。

「どうしやす。重蔵が出てくるのを待ちやすか」

孫六が訊いた。

「それも、どうかな。いつ出て来るか分からんし……」

源九郎が首を捻《ひね》った。

「あっしが、外に呼び出しやしょうか」

三太郎が、身を乗り出して言った。

「どうやって、呼び出す」

源九郎が、戸惑うような顔をした。三太郎一人では、心許ないのである。

「田沢に、頼まれてきたことにしやす」

「いい手だが……」

やはり、源九郎は心配だった。

「あっしの話を疑い、重蔵が外に出てこなかったとしても、店に重蔵がいることははっきりしやす」

三太郎が言うと、

「よし、三太郎に頼もう。……だが、店に入って、重蔵に近付くな。何をされるか分からんぞ」

源九郎が、念を押すように言った。

「承知しやした」

そう言い残し、三太郎はひとりで小鈴にむかった。

三太郎は店の前まで行くと、忍び足で戸口に近付いた。板戸はしまったままである。

三太郎が板戸に身を寄せると、なかから男と女の声がした。ふたりの会話から、店内にいるのは、おきよという女と重蔵であることが知れた。女が、重蔵の旦那と呼んだのだ。また、重蔵は、おきよと呼んでいた。

おきよは、嘉沢屋の女将のおしまとは別人らしい。重蔵が、密かに囲っていた情婦《いろ》なのだろう。

酒屋の親爺は、おしまが若い頃小料理をやっていたと話したが、おそらく、おしまは嘉沢屋の女将になって、おきよという女に小鈴をゆずったのだろう。

三太郎は板戸を叩いてから、「入りやす」と声をかけて、板戸をあけた。店のなかは薄暗かった。土間の先に、小上がりがあった。その先に、障子がたててある。座敷になっているらしい。

小上がりに、年増《としま》と恰幅《かっぷく》のいい年配の男がいた。男は重蔵であろう。

「いらっしゃい」

おきよが、すぐに立ち上がった。三太郎のことを客だと思ったらしい。

三太郎は、戸口に立ったまま首を竦《すく》めるように重蔵に頭を下げてから、

「親分さんですかい」

と、重蔵に目をやって訊いた。

「だれだ！　てめえは」

重蔵が、三太郎を睨《にら》むように見据えて訊いた。

「あっしは、三太といいやす。田沢の旦那に、頼まれて来たんでさァ」

三太郎は、咄嗟《とっさ》に思いついた偽名を口にした。

「田沢の旦那だと」

重蔵が聞き返した。

「へい、親分を連れてくるように言われて来やした」

三太郎は、何とか重蔵を店の外に連れ出そうと思った。

「田沢の旦那は、どこにいるんだ」

重蔵が、不審そうな顔をして訊いた。

「近くの川岸で、待ってやす」

「どうして、ここに来ねえんだ」

「詳しいことは聞いてねえが、田沢の旦那は、この店に出入りしねえ方がいいと言ってやした」

「そうか。田沢の旦那も用心しているようだ」

重蔵は傍らにいるおきよに、「すぐ、もどる」と声をかけて、立ち上がった。

三太郎が戸口から出て待つと、重蔵が身を寄せて、

「田沢の旦那は、どこにいるんだい」

と、小声で訊いた。

「川岸の柳の陰でさァ」

そう言って、三太郎は、源九郎たちが身を隠している柳からすこし離れた場所を指差した。

「姿が見えねえな」

重蔵が、通りの左右に目をやって言った。

「柳の陰に、いやすよ」

三太郎は、源九郎たちが隠れている柳の方に歩きだした。

重蔵は不審そうな顔をして、三太郎についてくる。

二

三太郎は、源九郎たちが身を隠している柳の近くまで来ると、

「あそこの柳の陰でさァ」

そう言って、源九郎たちが身を隠している柳から少し離れた場所を指差した。

重蔵は三太郎が指差した先に目をやり、

「誰も、いねえじゃァねえか」

と言って、いぶかしげな顔をした。

そのとき、柳の樹陰から源九郎たちが飛び出した。

源九郎は重蔵の前に、菅井が背後に――。孫六と茂次は、川岸とは反対側にまわり込んだ。重蔵の逃げ道を塞いだのである。

「て、てめえらは！」

重蔵は顔をしかめて叫んだ。

「重蔵、観念しろ！」

源九郎が抜刀し、刀身を峰に返した。重蔵を、峰打ちで仕留めようとしたのだ。

重蔵の背後にまわり込んだ菅井は、居合の抜刀体勢をとった。孫六たち三人は、それぞれ懐から古い十手や匕首などを取り出したが、重蔵から大きく間をとっている。この場は、源九郎と菅井にまかせる気なのだ。

「殺《や》られて、たまるか！」

重蔵は、懐から匕首を取り出した。おそらく、こんなときのために、匕首を持ち歩いていたのだろう。

重蔵は手にした匕首を前に立った源九郎にむけたが、体が顫《ふる》えていた。目を吊り上げ、歯を剝き出している。追い詰められた獣のようである。

「重蔵、匕首を捨てろ！」

そう言って、源九郎が一歩踏み込んだ。

「死ね！」

叫びざま、重蔵が匕首を前に突き出すように構えて、体ごとつっ込んできた。

咄嗟に、源九郎は右に体《たい》を寄せ、刀を横に払った。一瞬の太刀《たち》捌《さば》きである。

重蔵の手にした匕首は、源九郎の左袖をかすめて空《くう》を突き、源九郎の刀身は、重蔵の脇腹を強打した。

重蔵は呻《うめ》き声を上げ、前によろめいた。そして、足をとめると、その場に蹲《うずくま》った。手にした匕首は、脇に落としている。

そこへ、孫六、茂次、三太郎の三人が走り寄り、重蔵の両腕をとって、押さえ付けた。重蔵は苦しげな呻き声を上げ、孫六たちのなすがままになっている。

「どうしやす」

孫六が、その場に立っていた源九郎たちに目をやって訊いた。

「ここで、話を聞くわけにはいかないな」

源九郎が言った。

大川端の通りは、行き交う人の姿があった。今も、通り掛かった者たちが、源九郎たちからすこし離れた場に立って、好奇の目をむけている。

それに、話を聞いた後、重蔵をどうするかも考えねばならない。いかに極悪人であろうと、抵抗できなくなった者を斬り殺して、死体を大川に投げ捨てて始末するわけにはいかない。

そのとき源九郎は、諏訪町の栄造のひらいている蕎麦屋を思い出した。店に客がいるようなら、裏手を借りて重蔵を尋問してもいいと思った。それに、話を聞いた後、重蔵を栄造に引き渡せば、身柄を町方に引き渡すこともできるだろう。

源九郎たちは重蔵を連れ、奥州街道に出て南に足をむけた。そして、諏訪町に入ると、通りの左手にある路地に足をむけ、蕎麦屋の勝栄の前まで来た。

「客がいるようだ」

源九郎が言った。店内から、客と思われる男の談笑の声が聞こえた。

「重蔵を連れて店に入るわけには、いかないな。わしが、栄造を連れてくる」

そう言い残し、源九郎はひとりで勝栄の暖簾をくぐった。

店に入ると、職人ふうの男がふたり、そばを食べていた。栄造は板場にいたが、すぐに姿を見せた。

「華町の旦那、どうしやした」

栄造が訊いた。突然、源九郎が店に入ってきたからだろう。

源九郎は栄造に身を寄せ、重蔵を捕らえたことを小声で話した後、

「重蔵から話を訊いた後、身柄を引き取ってくれんか。おぬしが捕らえたことにして、町方に引き渡してもらいたいのだ」

と、言い添えた。

「構いませんが、どこで話を訊くんで」

栄造が、店内にいるふたりの客に目をやり、小声で訊いた。客がいるので、店内は使えないらしい。

「店の脇でも、裏手でもいい。それに、重蔵から訊きたいことは、あまり多くはないのだ」

源九郎が言った。

「それなら、店の脇にまわってくだせえ。店はお勝に任せて、あっしもくわわりてえ」

栄造はそう言うと、すぐに板場にむかった。

いっときすると、栄造は板場からもどってきて、源九郎と一緒に店から出た。そして、栄造が外にいた菅井たちに、「華町の旦那から、話を聞いた」と小声で言い、先に立って、店の脇にまわった。

店の脇は隣の店との間の狭い場所だったが、裏手近くにまわれば、話を聞かれる心配はなさそうだった。

源九郎たちは、勝栄の裏手近くにまわると、

「重蔵、おまえの悪事は、ここにいる岡っ引きの栄造親分もよく知っている。そ

れに、おまえたちが攫った娘たちは助け出して、親許に帰してあるのでな。何の心配もない。後は、栄造親分にまかせるつもりだ」

源九郎はそう言った後、

「田沢はどこにいる」

と、重蔵を見据えて訊いた。

重蔵は戸惑うような顔をしたが、

「田沢の旦那は、花川戸町《はなかわどちょう》だ」

と、小声で言った。隠しても、仕方がないと思ったのだろう。

「花川戸町のどこだ」

さらに、源九郎が訊いた。花川戸町は浅草寺の東方、大川端沿いに広がっているが、町名が分かっただけでは、探すのが難しい。

「吾妻橋《あづまばし》の近く」

重蔵によると、田沢は情婦の住む借家に身を隠しているという。その借家は、大川端の通り沿いにあるそうだ。

「それだけ分かれば、田沢の隠れ家は突き止められる」

そう言って、源九郎は重蔵から身を引いた。

源九郎に代わって栄造が、攫った娘のことや子分たちのことなどを訊くと、重蔵は隠さずに話した。ただ、これまで分かっていることだけで、新たなことはなかった。

源九郎と栄造の尋問が終わると、

「おれは、足を洗う。金輪際《こんりんざい》、娘たちには手を出さねえし、嘉沢屋は閉めるから、見逃してくれ」

そう言って、重蔵は頭を下げた。

「見逃せだと！　おまえのために、何人もの娘たちが地獄を見たのだぞ。今度は、おまえが地獄を見る番だな」

珍しく、源九郎が怒りに顔を染めて言った。

おそらく、栄造は重蔵を町方に引き渡すだろう。町方の吟味《ぎんみ》にもよるが、重蔵は死罪を免れないはずだ。

三

重蔵を捕らえた翌日の五ツ（午前八時）ごろ、源九郎、菅井、安田、孫六の四人は、長屋を出て浅草花川戸町にむかった。田沢を討つためである。

源九郎、菅井、安田の武士三人が花川戸町に行くことにしたのは、相手が腕のたつ田沢だからだ。場合によっては、三人で取り囲んで討つことになるかもしれない。

源九郎たちは、本所から賑やかな両国広小路を経て奥州街道に出た。そして、北にむかった。このところ、何度も行き来した道筋なので、花川戸町までどれほどの道筋なのかも分かっていた。

源九郎たちは駒形堂の近くまで行くと、大川端沿いの道に入り、北にむかった。前方に、大川にかかる吾妻橋が見えている。

源九郎たちは吾妻橋のたもとに出ると、さらに北にむかった。その辺りから、花川戸町だった。花川戸町は浅草寺の東側に位置し、大川端沿いに広がっている。

「橋の近くだったな」

源九郎が言い、橋のたもとから一町ほど行ったところで、足をとめた。

「重蔵の話では、田沢は情婦の住む借家にいるとのことだった。武士が情婦を囲っている借家は、そうはあるまい。この辺りで訊けば、すぐに知れるのではないか」

菅井が言った。

「この辺りで、訊いてみるか」

源九郎が言うと、通りの先に目をやっていた孫六が、

「そこの下駄屋で、訊いてきやす」

と言い残し、通り沿いにあった下駄屋にむかった。

下駄屋の店先で、ふたりの娘と店の親爺らしい男が何やら話していた。娘のひとりが、紫色の鼻緒の下駄を手にしている。ふたりの娘は下駄を買いにきて、親爺と立ち話を始めたらしい。

孫六は親爺に声をかけ、その場にいたふたりの娘とも何やら言葉を交わしていたが、いっときすると、源九郎たちのいる場にもどってきた。

「知れやした。田沢の住む借家が」

すぐに、孫六が言った。

「近くか」

源九郎が訊いた。

「へい、ここから二町ほど歩いた先だそうで」

そう言って、孫六が先にたった。

源九郎たちが川沿いの道をさらに一町ほど歩いたところで、

「笠屋の近くと、聞きやした」

孫六が、道沿いにあった笠屋を指差して言った。店先に、沢山の菅笠《すげがさ》、網代笠《あじろがさ》、編笠《あみがさ》などがぶら下がっている。

「そこに、借家らしい家が二軒ある」

菅井が、笠屋の斜向かいにある二軒の家を指差して言った。二軒とも借家らしく、同じ造りだった。

「おれが、笠屋で訊いてくる」

そう言って、菅井がその場を離れた。

菅井は笠屋に入り、店の親爺らしい男と話していたが、すぐに店から出てきた。そして、源九郎たちのいる場にもどり、

「手前の家に、田沢はいるようだ。笠屋の親爺によると、手前の家には、妾《めかけ》らしい女が住んでいて、武士が出入りしているそうだ」

と、その場にいた男たちに目をやって言った。

「間違いない。田沢が身を隠しているのは、手前の家だ」

源九郎はそう言った後、

「それで、今も田沢はいるのか」

と、菅井に訊いた。

「親爺は、半刻（一時間）ほど前、武士が女の住む家に入るのを見たらしい。その後のことは分からないが、家にいるとみていいのではないか」

菅井が、その場にいる男たちに目をやって言った。

「よし、田沢を外に呼び出して討とう」

源九郎が、語気を強くして言った。

「あっしが、田沢を外に呼び出しやす。あっしなら、田沢も油断するはずでさァ」

孫六が言い、手拭いで頰《ほ》っかむりした。嘉沢屋の離れに踏み込んだとき、顔を見られているかもしれないので、用心したらしい。

源九郎、菅井、安田の三人は念のため、笠屋の脇に身を隠した。孫六が、田沢を連れ出したら飛び出すつもりだった。

孫六は手前の家の戸口に近付くと、板戸を軽く叩いた後、

「田沢の旦那、いやすか」

と、声をかけた。

いっとき、家から何の反応もなかったが、

「だれだ」

と、男の声がした。田沢らしい。

「重蔵親分に、頼まれたことがあるんでさァ」

孫六が言った。

「何を頼まれたのだ」

田沢が訊いた。そして、家のなかで、立ち上がるような音がした。

「田沢の旦那に渡すように、頼まれた物があるんでさァ」

孫六は、田沢を呼び出すために作り話を口にしたようだ。

「戸をあけて、入ってこい」

「それが、旦那、大きな物でしてね。旦那も手を貸してくだせえ」

「いったい何を持ってきたのだ」

家のなかで、「おけい、様子を見てくる」という声が聞こえた。田沢と一緒にいる女は、おけいという名らしい。

つづいて、戸口に近付いてくる足音がした。孫六は急いで戸口から離れ、家の脇に身を寄せた。

戸口の板戸が開いて、田沢が姿を見せた。田沢は大刀を手にしていた。念のために持ってきたのだろう。

「おい、どこにいるのだ」

田沢が、戸口から出て周囲に目をやった。

「ここにいやす」

孫六が家の脇から言った。

「持ってきた物は、どこにあるのだ」

田沢が声を大きくして訊いた。

「家の脇に、運んでありやす」

孫六は、顔を田沢に向けずに言った。顔を見られていたら、源九郎たちの仲間と気付かれ、斬り殺されるだろう。

「何を持ってきたのだ」

田沢はそう言って戸口から離れ、孫六に足をむけた。

四

田沢が、戸口から離れたときだった。源九郎、菅井、安田の三人が、笠屋の脇から飛び出した。

田沢は、源九郎たちの足音を耳にして顔をむけた。

「騙《だま》し討ちか！」

叫びざま、田沢は家にもどろうとして反転した。だが、その場から動けなかった。源九郎たちの足が速く、家のなかに逃げ込めないとみたらしい。

田沢は、家の壁を背にして立った。

その田沢に源九郎が対峙《たいじ》し、菅井と安田はすこし身を引いて、源九郎の左右に立った。ふたりは田沢の逃げ道を塞ぐと同時に、源九郎が後れをとるようだったら、助太刀するつもりなのだ。

「田沢、観念しろ。……重蔵は捕らえたぞ」

源九郎が言った。

「重蔵とは、縁を切った」

田沢は手にした大刀を抜き放ち、鞘《さや》を足元に置いた。源九郎と立ち合う気らしい。

「いくぞ！」

源九郎も抜刀した。

源九郎と田沢の間合は、およそ二間半——。真剣勝負の立ち合いの間合としては、すこし近い。その場が狭かったこともあり、間合が広くとれないのだ。

源九郎は青眼に構え、切っ先を田沢の目にむけた。

対する田沢は、この前とは違い上段に構えをとった。両腕を高くあげ、刀身を立てている。その大きな構えには、捨て身で斬り込んでくる気魄《きはく》と威圧感があった。

ふたりは、青眼と上段に構えたまま動かなかった。全身に気勢を漲《みなぎ》らせ、斬撃の気配を見せて気魄で攻めている。

どれほどの時間が、経過したのか。ふたりには、時間の経過の意識がなかった。

そのときだった。源九郎の右手後方に立っていた安田が青眼に構えたまま、半歩踏み出した。その動きで、対峙していた源九郎と田沢の両者に、斬撃の気がはしった。

イヤアッ!

タアッ!

源九郎と田沢は、ほぼ同時に裂帛《れっぱく》の気合を発して斬り込んだ。

源九郎は青眼から踏み込みざま袈裟《けさ》へ——。

田沢は上段から真っ向へ——。

袈裟と真っ向。二筋の閃光《せんこう》がはしり、ふたりの眼前で合致した。青火が散った次の瞬間、源九郎と田沢は、二の太刀をはなった。

源九郎は田沢の小手《こて》を狙い、突き込むように斬り込んだ。

対する田沢は、身を引きざま刀身を横に払った。

源九郎の切っ先が田沢の右の前腕を斬り、田沢の切っ先は源九郎の右袖の肩の辺りを斬り裂いた。

ふたりは大きく間合をとると、ふたたび青眼と上段に構え合った。

だが、田沢の上段に構えた刀身が揺れていた。右腕を斬られたからである。

対する源九郎の青眼の構えには、隙がなかった。源九郎も田沢の切っ先を浴びたが、斬られたのは、右袖だけだったのだ。

「田沢、刀を引け！　勝負あったぞ」

源九郎が声をかけた。

「まだだ！」

田沢が叫び、全身に斬撃の気配を見せた。

……侮れない！

と、源九郎は思った。田沢は傷を負った獣と同じであった。捨て身で、斬り込んでくるはずだ。

踏み込みざま真っ向へ——。

田沢は上段に構えたまま、いきなり甲走《かんばし》った気合を発して斬り込んできた。気攻めも間合の読みもなかった。捨て身の攻撃といっていい。

咄嗟に、源九郎は右に体を寄せ、田沢の首を狙って刀身を袈裟に払った。

田沢の切っ先が、源九郎の左肩をかすめて空を切った。次の瞬間、田沢の首から血が激しく飛び散った。

源九郎の切っ先が、田沢の首をとらえ血管《ちくだ》を斬ったのだ。

田沢は呻き声も上げず、血を撒《ま》きながらよろめいた。そして、足が止まると、腰から崩れるように転倒した。

俯《うつぶ》せに倒れた田沢は、苦しげな呻き声を上げた。何とか立ち上がろうとしたが、顔がわずかに持ち上がっただけである。

田沢はすぐに地面につっ伏し、動かなくなった。首から流れ出た血が、赤い布を広げていくように地面を染めていく。

源九郎は血刀を引っ提げたまま田沢の脇に立ち、

「腕のたつ男だったが、惜しいことをした」

と、つぶやいた。

そこへ、孫六、菅井、安田の三人が走り寄った。

「さすが、華町の旦那は強《つえ》えや」

孫六が、感嘆の声を上げた。

菅井と安田も、息を呑んで田沢の死体を見つめている。

「いや、勝負はときの運だ。……それに、田沢はわしを年寄りとみて侮ったらしい」

源九郎が、田沢の死体に目をやって言った。

そのとき、家の戸口で、女の悲鳴が聞こえた。家のなかに田沢と一緒にいたおけいという女らしい。血塗《ちまみ》れになって横たわっている田沢を目にしたようだ。

「田沢を葬ってやれ」

源九郎が女に声をかけ、来た道を引き返した。そばにいた孫六、菅井、安田の三人も、源九郎につづいてその場を離れた。

源九郎たち四人が、田沢から離れたとき、背後で女の「おまえさん！」と呼ぶ声が聞こえた。

叫び声につづいて泣き声が聞こえたが、源九郎たちは振り返らなかった。

五

「待て、その飛車!」

菅井が、将棋盤を見据えて言った。

「待てぬな」

源九郎は、口許に薄笑いを浮かべている。

源九郎と菅井は、長屋の源九郎の家で将棋を指していた。源九郎が朝飯を食べ終え、茶を飲んでいたとき、菅井が将棋盤と駒を持って、源九郎の家にやってきたのだ。

菅井は無類の将棋好きだった。ふだん、菅井は両国広小路で居合抜きの大道芸を観せて、口を糊《のり》していた。ただ、雨の日や何かの理由で、長屋に居ることもある。そうした日に、菅井は将棋盤を抱えて、源九郎の家に将棋を指しにくるのだ。

今日の朝方は、雨だった。それで、菅井は将棋盤を持って、源九郎の家にやって来たのだ。その雨も、今はやんでいるのだが、将棋を始めた菅井は、見世物に出る気は失《う》せてしまったらしい。

「どうあっても、待てぬか」

菅井は、将棋盤を見据えたまま言った。

「待てん」

王手飛車取りの手だった。後、五、六手で詰むだろう。

「ええい！　もう一局だ」

菅井は声を上げ、将棋盤の上の駒を掻き混ぜた。

「まだ、やるのか」

源九郎が、苦笑いを浮かべた。

そのとき、戸口に近付いてくる何人かの足音が聞こえた。源九郎と菅井は駒を並べる手をとめ、戸口に目をやった。

足音は腰高障子の向こうでとまり、

「華町の旦那、いやすか」

と、孫六の声が聞こえた。

「いるぞ、入ってくれ」

源九郎が声をかけた。

すぐに、腰高障子があいて孫六が顔を出した。ふたりの後ろに、商家の旦那ふうの男が立っていた。富沢屋の主人の政右衛門である。

「富沢屋の旦那と、路地木戸のところで顔を合わせやしてね。華町の旦那に会いに来たと聞いたんで、お連れしたんでさァ」

孫六が言った。

「ともかく、座敷に上がってくれ」

源九郎が、政右衛門に言った。

「いえ、ここで結構です」

そう言って、政右衛門は上がり框に腰を下ろした。そして、持参した袱紗包みを膝の脇に置いた。

「華町さまたちの御蔭で、娘のおせんは無事に帰ることができました。今は、攫われる前と変わりなく、暮らしております。……そのおせんが、華町さまたちのことを話すことがありましてね。わたしが、無事に家に帰れたのは、華町さまたちの御蔭だから、何かお礼をしたい、と口にするのです」

政右衛門が、しんみりした口調で言った。